莎士比亚

名言选粹及解析

编选：鲁艾薇
翻译：守 正

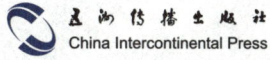

编选者的话

威廉·莎士比亚，不仅是英国文艺复兴时期的剧作家、诗人，更是一位对社会生活精细的观察者和对人生真谛的不懈探究者。他把自己的所见所闻，所思所得，通过他剧中人物的台词，痛快淋漓地表达出来。在这里，我们能看到他对美德的真情褒扬，对恶行的严厉批判，对人类弱点的善意调侃，对不良作为的辛辣嘲讽，对社会黑暗鞭辟入里的揭露，对乱臣贼子义正词严的挞伐。所有这些，在他三十七部戏剧中，可称得上是所在多有，遍地珠玑。但毕竟篇幅浩繁，在这一寸光阴一寸金的时代，很难让人拿出系统的时间去阅读所有这些作品。因此我们编选了 99 则妙语选粹，选取具有代表性的片段，供有兴趣的读者欣赏莎士比亚这位巨匠的才华、幽默、对人性的准确分析、对事物的超凡的描述，以及对理想社会的深切向往。读这些片段，有时会让你忍俊不禁，发出会心的微笑；有时会让你掩卷沉思，琢磨对待生活的态度；更会让你了解一些待人处世的方式方法；有些堪称格言的真知灼见，更是值得一生牢记的。

古人云："诗无达诂。"就翻译外国作品而言，也可以说"诗无达译"。英语的诗虽然多数是压韵的，但可以通过重音的巧妙搭配和铿锵有力的朗读形成无韵诗。莎士比亚的剧作基本上是无韵诗。细分开来，莎士比亚剧中人物的台词主要由三部分组成。一是散文部分；二是英雄体，即每两行字数相等，并且压韵；三则是无韵诗。在以往的译本之中，虽有经典而通俗的翻译示范，但基本上是用散文翻译，尽管介绍了故事情节，却与诗句有着一定的距离，被广大读者认可的无韵诗律并不多。而本书译者在翻译的过程中，既保持了第一部分的散文翻译，也尊重了第二部分原文形式的押韵。第三部分，则将原文的无韵诗，用压韵的白话诗体译成。力求让中文读者读起来或听起来是诗，避免了佶屈聱牙、难以卒读的弊端，以一种新的形式呈现给读者。

译者衷心希望通过这些尝试，能让更多人士读莎士比亚，研究莎士比亚，翻译莎士比亚。无论是在生活处事的细节中，还是在研究感悟的深度中，都能将莎士比亚的智慧融会贯通。

目 录

001 《错上加错》

007 《第十二夜》

021 《负心女子痴心汉》

031 《降服泼妇》

037 《结局美妙一切都好》

047 《镜花水月》

055 《快乐大嫂智斗浪子》

061 《如你所愿》

067 《威尼斯商人》

071 《无事生非》

079 《仲夏夜之梦》

087 《作茧自缚》

097 《冬天的故事》

101 《国王的家事》

105 《海外奇遇》

111 《约翰王》

115 《理查二世》

125 《亨利四世》

135 《亨利五世》

139 《亨利六世》

143 《亨利八世》

163 《理查三世》

169 《雅典的泰门》

181 《罗密欧与朱丽叶》

185 《埃及女王情史》

191 《恺撒大帝》

197 《英雄叛国》

201 《麦克白》

209 《李尔王》

221 《奥赛罗》

237 《哈姆莱特》

261 《柱国奇冤》

They can be meek that has no other cause.
—*The Comedy of Errors*, II.1

《错上加错》

But, lest myself be guilty to self wrong,
I'll stop mine ears against the mermaid's song.
—*The Comedy of Errors*, 2

The Comedy of Errors

《错上加错》是莎士比亚早期的作品，过去翻译为《错误的喜剧》《错中错》。

　　叙拉古的商人伊金，家道殷实，娶妻生了一对双胞胎儿子，凑巧邻居有个穷人也生了一对双胞胎儿子，他把这穷人的儿子买了下来，让他们长大后做自己两个孩子的仆人。有一年他携妻带子乘船回家，途中遭遇风暴，他和妻子把两个大孩子绑在桅杆上，由他照管，把两个小的绑在另一根桅杆上，由他妻子照管。船触了礁，桅杆也断了，一家人被水冲散，互相失去了联系。多年来，伊金一直寻找家人，都没有结果，心中惦念不已。他到以弗所经商，却不知两国交恶，法律规定凡是从叙拉古来的商人，一律货物充公，人也要被处死，除非交上高额赎金，才能活命。伊金只求速死。以弗所公爵问其缘由，他讲了自己的故事。公爵见他可怜，就限期让他筹措赎金。其实他的家人都得了救。他的妻子在以弗所的修道院里当了院长，小儿子在以弗所娶妻成家，每日里忙于应酬。大儿子也来到了以弗所经商，两个人都带了各自的仆人。由于都在同一个城市里，免不了碰面，结果闹出了不少误会，妻子认错了丈夫，仆人认错了主人，商人认错了生意伙伴。经历了一些事件之后，终于父子相认，夫妻重聚，合家团圆。最后交上了赎金，公爵释放了伊金。

01

They can be meek that has no other cause.
—*The Comedy of Errors*, II, 1

没有亲身体验苦恼,谁都想得开。
—《错上加错》,二幕一场

所选的这段话,是小儿子妻子的台词。她因为丈夫忙于生意,不顾家庭,又担心他在外寻花问柳,移情别恋,所以对丈夫特别严厉,终日心事重重,很是烦恼。她的妹妹劝她想开一点,她就说:"没有亲身体验苦恼,谁都想得开。"紧接着她还说:

> 如果是有一颗受到伤害的心灵,
> 我们听到它哭喊就会劝它安静,
> 但要是我们遭受了同样的痛苦,
> 我们会同样甚至更厉害地哭诉。

02

But, lest myself be guilty to self wrong,
I'll stop mine ears against the mermaid's song.
—Ibid, III, 2

但为了避免犯下坑害自己的过错,
我应该塞上耳朵不听美人鱼唱歌。
——同上,三幕二场

伊金的大儿子来到以弗所这个陌生的地方,他弟弟的仆人看见他,跟他说了一些他完全听不明白的话。弟弟的太太看见他,把他劈头盖脸臭骂了一顿,他不晓得这个女人为什么这样对待他。弟弟太太的妹妹见了他,一本正经地教训他,他也是一头雾水,但是对这个女人的外貌和声音颇有好感,他感慨道:

在这里住的都是些妖魔鬼怪,
所以我必须赶快离开这里。
把我叫作丈夫的那个女人,
我从心底里要把她回避。

但是她妹妹却那么漂亮温柔,

仪表和谈吐都让人迷醉,

几乎要让我背叛自己。

但为了避免犯下坑害自己的过错,

我应该塞上耳朵不听美人鱼唱歌。

这里,莎士比亚用了一个典故。据希腊神话,尤里塞斯在特洛伊战争结束之后回国,途经美人鱼塞壬居住的海峡。凡是从这里经过的人,都在听到美人鱼唱歌之后,被迷惑得不能自已而投海自杀。神谕告诉尤里塞斯让他和随行人员用蜡把耳朵封上，这样就听不见女妖唱歌，可以安全行船。尤里塞斯把随行人员的耳朵封上，让人把他绑在桅杆上，并告诉他们，不管在什么情况下，都不能给他松绑。这样，他可以听女妖唱歌。经过海峡时，他听到了歌声，一心想挣脱束缚，可他无论怎样呼喊，让人给他松绑，随行人员都听不见，始终没有解开他。他们终于安全地回国了。

《第十二夜》

Twelfth Night

1601年1月6日，英国宫廷举行演出活动，伊丽莎白女王亲临观赏，莎士比亚为此写了剧本。因为这一天恰逢圣诞节后的第十二天，他就把这个剧本命名为《第十二夜》，其实这个标题和剧情毫无关系。《第十二夜》故事围绕多角恋与身份错位展开，主线情节是公爵奥西诺向伯爵小姐奥立维亚求爱，但奥立维亚却爱上了替公爵奥西诺向她求爱的薇奥拉，由此形成了复杂而好笑的三角关系。而由于薇奥拉有一个孪生兄弟塞巴斯显，众人乱成一团，又闹出了不少笑话。

What great ones do the less will prattle of.
　　—*Twelfth Night*, I, 2

小人物总要议论大人物的动向。
　　—《第十二夜》，一幕二场

　　一对孪生兄妹，哥哥塞巴斯显，妹妹薇奥拉，在航行途中遭遇海难。妹妹被一个商船救起，船停靠在伊利里亚，船长对她很好，向她介绍了伊利里亚的情况，谈起这里的公爵为人好，受臣民爱戴。薇奥拉决定女扮男装，化名塞萨里奥,请船长帮忙,介绍她去做公爵的侍臣。船长答应了，又对她说：

>现在他也未曾娶亲，
>直到最近还是，
>因为一个月之前我才离开这个地方，
>那时候私下流传一个谣言——
>你知道，小人物总要议论大人物的动向——
>他正在追求美丽的奥立维亚。

04

Care's an enemy to life.
—Ibid, I, 3

伤心是生命的敌人。
—同上,一幕三场

　　奥立维亚是一位富有的伯爵小姐,最近连续遭受了丧父和丧兄之痛,心情糟糕。她不想和任何人来往,不见男人,因而多次拒绝公爵求婚。她有一位住在她家帮她花钱的叔叔,叫托比爵士。一天他和小姐的侍女玛利亚闲聊说:

> 我侄女的哥哥死了,
> 她竟然这样伤心。
> 这到底是怎么回事?
> 我敢保证,
> 伤心是生命的敌人。

　　这位爵士是名副其实的酒囊饭袋,但是这句话显得他还是有点头脑,或者说有点生活经验。

05

Better a witty fool than a foolish wit.
—Ibid, I, 5

宁可作个聪明的傻瓜,也不作个愚蠢的聪明人。
——同上,一幕五场

富有的小姐也有闲极无聊的时候,所以她的仆人中,有一个小丑,平时为她当差跑腿,闲暇的时候和她说说笑笑逗她开心。这一天,他等小姐见他,自言自语地说:

才气呀,
要是你愿意,
就让我能顺理成章地胡说一通吧!
那些自以为有了你的人,
往往证明自己是傻瓜,
我自己知道我没有你,
没准儿还会是个聪明人呢,
昆那帕洛斯怎么说的?

宁可作个聪明的傻瓜,

也不作个愚蠢的聪明人。

昆那帕洛斯是个杜撰的名字,并无此人。借他的嘴,说出一个真理而已。

06

Nay, that's certain. They that dally nicely
with words may quickly make them wanton.
—Ibid, III, 1

一点不错,善于搞文字游戏的人
是很容易反复无常的。
—同上,三幕一场

薇奥拉当上了公爵的侍臣,公爵派她到奥立维亚小姐家送信,小丑遇见她,两个人唠了起来。

小丑说:

看看现在这些人,
对聪明人来说,一种意见就像一副山羊皮手套,
可以随便翻过来又翻过去!

薇奥拉说:

一点不错,善于搞文字游戏的人是很容易反复无常的。

07

I am as mad as he,
If sad and merry madness equal be.
—Ibid, III, 4

我和他一样神经有病,
虽然一个愁一个乐,但同样是疯。
—同上,三幕四场

奥立维亚有一个管家,叫马伏里奥,此人狂妄自大还自作多情,托比爵士和众仆人都不喜欢他。他们想作弄他,就伪造了小姐写的一封信,故意让他看见,内容是小姐喜欢他,让他穿黄色的袜子,把吊带弄成十字花形状,还让他始终微笑着,因为她喜欢看。这个傻瓜信以为真,就打扮好了去见小姐,玛利亚提前跟小姐打了招呼。

玛利亚说:

> 他只是一个劲地笑,你最好防备着点,
> 因为他肯定是神经出了毛病了。

小姐说:

> 去叫他来。
> 我和他一样神经有病,
> 虽然一个愁一个乐,
> 但同样是疯。

小姐是被仆人们蒙在鼓里,以为马伏里奥之所以乐,和她没有关系呢。

08

Some kind of men that put quarrels
purposely on others, to taste their valour.
—Ibid, III, 4

有些人故意跟人吵架,来表现自己勇敢。
—同上,三幕四场

奥立维亚还有另外一位求婚人,叫安德鲁爵士。此人钱财富裕,脑筋欠缺,求婚不成还赖着不走。托比爵士和他打得火热,无非是蹭他的吃喝。他发现小姐对公爵派来的人比对他好,不禁醋意大发,向托比爵士发牢骚。托比撺掇他和这个小子决斗,他自己也是一个银样镴枪头,不想决斗。但禁不住托比和仆人们的怂恿,安德鲁勉强答应。托比就来和薇奥拉讲这件事,可把薇奥拉吓坏了。

托比说:

> 他是骑士,
> 不过没有在战场上厮杀,

是世袭受封的。
但是跟人吵架,
他可是个魔鬼。
他已经让三个人的身体和灵魂分了家,
而他此刻的怒气无法消解,
非得把人杀死送进坟墓不可。

薇奥拉说:

我要回到府里请小姐派人保护我。
我不能打架。
我听说过,
有些人故意跟人吵架,
来表现自己勇敢。

09

These wise men that give fools money
get themselves a good report.
—Ibid, IV, 1

这些把钱给傻子的聪明人是用高
价钱来买我们说他们好话。
—同上，四幕一场

小丑在街上遇见塞巴斯显，以为他是女扮男装的薇奥拉，拉着他去和安德鲁决斗，塞巴斯显不明就里，极力摆脱。

塞巴斯显说：

> 我请你这个傻希腊人离开我。
> 这些钱给你，
> 要是你再纠缠下去，
> 我就要赏给你不太好的东西了。

小丑说：

　　说实话，你倒是挺大方。
　　这些把钱给傻子的聪明人，
　　是用高价钱来买我们说他们好话。

《负心女子痴心汉》

《负心女子痴心汉》,过去音译为《特洛伊罗斯和克瑞西达》。

这出戏虽被列为喜剧,却颇有悲剧的意味。这部剧以特洛伊战争为背景,讲述了特洛伊一位王子特洛伊罗斯爱上了特洛伊神父卡尔恰斯的女儿克瑞西达,为他们牵线的是克瑞西达的叔叔潘达路斯。两人海誓山盟自不必说。卡尔恰斯得到神谕,说特洛伊必败,因此他投奔了希腊阵营,但他总想把女儿也带过来,苦于没有机会。后来希腊一方俘虏了特洛伊老王的儿子安台诺,卡尔恰斯觉得这是个机会,就向希腊主帅提出用安台诺换回女儿。主帅同意了,派使者去联系特洛伊一方。特洛伊也同意。于是克瑞西达到了希腊阵营,特洛伊罗斯对克瑞西达昼思夜想,借着赫克托与希腊将军比武的机会,去到希腊营地,盼望见见克瑞西达。希腊将军陪他前往,却看见克瑞西达投入了别人的怀抱,并且把他给她的信物送给了新的情人。

此剧塑造了三个经典人物,特洛伊罗斯是坚贞不渝的典型,克瑞西达是见异思迁的代表,而潘达路斯则是拉纤保媒的标本。

10

The raven chides blackness.
—*Troilus and Cressida*, II, 3

乌鸦也说别人黑。
——《负心女子痴心汉》，二幕三场

话说特洛伊战争的起源，是因为特洛伊王子巴里斯，拐走了希腊联邦一位国王米尼劳斯的王妃海伦。希腊人咽不下这口气，米尼劳斯的哥哥阿卡曼农做主帅，带领大兵围困了特洛伊。战争久拖不决，希腊人探讨原因，认为是自己方面不团结，军心涣散，重要将领自恃勇力过人，互不服气，不听号令，决策集团决心进行整顿，先拿两员大将阿奇里斯和埃阿斯开刀。

他们先来到埃阿斯这里，煽风点火，让他发泄对阿奇里斯的不满，于是埃阿斯大骂阿奇里斯，说他傲慢不逊，狂妄自大等等。其实他自己也是这样，所以足智多谋的尤里塞斯加了一句旁白："乌鸦也说别人黑。"

11

For to be wise and love.
Exceeds man's might,
that dwells with gods above.
—Ibid, III, 2

聪明和爱,
只在神明的心里,
在人的心里不能共存。
——同上,三幕二场

潘达路斯领着特洛伊罗斯来见克瑞西达,这是他们第一次见面。两人互相说着甜言蜜语,特洛伊罗斯夸她聪明,克瑞西达说:

> 殿下,
> 也许我表现的是手段不是爱情,
> 用这种坦率的承认,来试探你的想法,
> 但是你很聪明,也许你不在恋爱,
> 因为聪明和爱,只在神明的心里,
> 在人的心里不能共存。

12

Those wounds heal ill that men
do give themselves.
—Ibid, III, 3

最难愈合的是自己造成的伤。
—同上，三幕三场

对于这场战争，特洛伊内部也存在不同意见。第一勇将赫克托就认为，为了一个女人打这么大规模的仗，不值得，应该把海伦送回去。巴里斯当然不同意，其他几个年轻的弟弟，也跟着起哄，说我们是为了荣誉而战，老王站在年轻人一边，于是战斗继续下去。这一天，赫克托为了早日结束战争，提出和希腊的将军单打独斗，比武见输赢。希腊这方面有意不让阿奇里斯去比试，而让埃阿斯去。阿奇里斯得知后，感到自己受到了冷落。

我看出来，
我的荣誉正处于危险之中，
我的名声正受到严重的损伤。

他的朋友极力鼓动阿奇里斯:

啊,你可要小心,
最难愈合的是自己造成的伤。
忽略了必须去做的事,
造成的危险将无可限量,
而危险就像热病,
会偷偷侵袭我们,
哪怕我们是在懒散闲坐,
晒着太阳。

13

Minds swayed by eyes are full of turpitude.
—Ibid, V, 2

受眼睛左右的思想,一定是糊涂发昏。
—同上,五幕二场

克瑞西达到了希腊营地,和希腊将领狄奥米第斯混在一起。她和过去道别:

> 特洛伊罗斯,
> 别了!
> 我一只眼睛看着你,
> 但我另一只眼睛却跟着我的心看东西。
> 啊,我们这些可怜的女人!
> 我发现我们有这样一个弱点:
> 眼睛犯的错误却指导着心田。
> 错误必定引出错误,
> 啊,可以得出结论,
> 受眼睛左右的思想,一定是糊涂发昏。

14

Do not count it holy.
To hurt by being just.
—Ibid, V, 3

不要以为怀有正义伤害别人就是神圣之举。
—同上,五幕三场

赫克托顶盔贯甲要上战场,他的妻子和妹妹都劝他别去,他坚持己见,认为这有关荣誉,而他把自己的荣誉看得比生命更重要。她们继续劝他:

> 啊,听我们的话!
> 不要以为怀有正义伤害别人就是神圣之举。
> 如果那样做合法,
> 那么用暴力劫夺财物,
> 再拿去施舍,
> 也合乎法律的本义。

《降服泼妇》

《降服泼妇》，过去译为《驯悍记》《悍妇的驯服》。

一位富翁有两个女儿，大女儿凶悍泼辣，二女儿美貌端庄。向二女儿求婚的人很多，却无人向大女儿求婚，害怕她嘴尖舌快，蛮不讲理。但是富翁却坚持要让大女儿嫁出去之后，才考虑二女儿的婚事，为此，还许诺给大女儿丰厚的嫁妆。那些向二女儿求婚的人急得像热锅上的蚂蚁，却也毫无办法。碰巧来了一位叫彼得鲁乔的人，他听说了此事，主动要向大女儿求婚。富翁和求婚的人们都高兴得不得了。彼得鲁乔要求立刻结婚，并把她带回老家。他利用各种损招包括饿她、累她、困扰她、折磨她，使她就范。

15

He that is giddy thinks the world turns round.
—*The Taming of the Shrew*, V, 2

觉得世界旋转的人，头脑一定晕眩呆滞。
—《降服泼妇》，五幕二场

且看他自己的叙述：

> 我就这样巧妙地开始我的统治，
> 我的希望就是成功地实现计划。
> 我这只鹰现在没有吃饭，
> 肚子很饿，
> 在她俯首帖耳之前决不能喂饱她。
> 不然她就不会卖力气把猎物来抓。
> 我还有一个办法来驯服这只悍鹰，
> 让她招之即来，
> 并且听主人的话；
> 那就是不让她睡觉，
> 就是我们对付乱扑腾翅膀不肯就范的鹞鹰的办法。

今天她没有吃到肉,
　　以后也不让她吃,
　　昨夜她没有睡觉,
　　今夜也这样对付她。
就像我对付盘子里的肉一样,
我要说床上的被褥铺得太差,
　　我把枕头扔到这边,
　　枕垫扔到那边,
　　把被子扔到墙角,
　　把床单扔到床下。
　　在这样乱丢的时候,
　　我还要装模作样,
说这样做完全是为了她。
总之是让她整夜不能合眼,
　　倘若她偶尔打个瞌睡,
　　我就大吵大闹,
　　开口就骂,
　　吵到她无法入睡,
　　就这样把她惩罚。
这是用温柔体贴来害死妻子的手段,

这才能制服她的野性,

让她乖乖听话。

谁有更好的办法把泼辣老婆驯服,

请他说出来,

也好对世人有所帮助。

一来二去,这位悍妇变得顺从了,一切唯他的马首是瞻。就这样,他既得到了妻子,又得到了大笔钱财。后来在一次聚会上,大家都以为彼得鲁乔会受气。另外一位绅士娶了一个寡妇,有人觉得这位绅士会像彼得鲁乔一样怕老婆,这位寡妇说了一句:

觉得世界旋转的人,头脑一定晕眩呆滞。

意思是说这样的人是死脑筋,以为天下的女人都像那位大女儿一样凶悍。

《结局美妙一切都好》

《结局美妙一切都好》是莎士比亚早期写的喜剧,过去译为《终成眷属》。

一位年轻的伯爵贝特拉姆,刚刚经历了丧父之痛,国王却要他到京城去服务,临行之前母亲为他祝福。这位伯爵夫人监护着一个少女海伦娜,是一个医术高明的医生的女儿,医生去世了,把她托付给伯爵夫人。伯爵夫人对她很好,偏偏海伦娜爱上了贝特拉姆,贝特拉姆对她却不屑一顾。

16

Our remedies oft in ourselves do lie,
Which we ascribe to heaven. The fated sky
Gives us free scope ; only doth backward pull
Our slow designs when we ourselves are dull.
—*All's Well That Ends Well*, I, 1

有许多事情常常是事在人为，
而我们却把它们说成是天意。
决定命运的上天给我们时机，
受挫折往往是我们自己迟疑。
—《结局美妙一切都好》，一幕一场

海伦娜哀叹：

我好像是爱上天空的一颗明星，
他高高在上，
而我却想同他结婚。
我只能感受他灿烂光辉和平行的光线，
却永远不能同他接近。

我在爱情上的雄心只能是折磨我自己，
　　　　想同狮子结成连理的驯鹿，
　　　　　　只能以死相殉。

　但是海伦娜锲而不舍。她听说国王有病，御医们都治不好，已经放弃了希望，她就想利用父亲留传的医术为国王治病，靠国王的力量，成就自己的梦想。她下了决心，也到京城去。

　　　　有许多事情常常是事在人为，
　　　　而我们却把它们说成是天意。
　　　　决定命运的上天给我们时机，
　　　　受挫折往往是我们自己迟疑。
　　　　什么力量使我的爱情飞上天，
　　　　心里把他想念眼睛却看不见？
　　　　　　尽管地位悬殊，
　　　　　　只要怀有真情，
　　　　　　会像门当户对，
　　　　　　一样圆了好梦。
　　　　面对困难局面总是顾虑重重，
　　　　已经实现的事也认为不可能，

只要能努力发挥自己的长处,
谁说不能获得爱情上的幸福?
国王的病——
也许只是我的妄想,
但是我下了决心,
一定要去闯。

17

We wound our modesty,
and make foul the clearness of our deserving.
—Ibid, I, 3

自己表功就是有失谦逊,反倒使功劳带上了污点。
—同上,一幕三场

伯爵夫人让她的仆人里那尔多去办事,里那尔多表示愿意效劳:

> 夫人,
> 我希望在我过去为你服务的记录当中,
> 可以发现我是如何尽心尽力,
> 因为自己表功就是有失谦逊,
> 反倒使功劳带上了污点。

18

The bravest questant shringks,
find what you seek.
That fame may cry you loud.
　　—Ibid, II, 1

当最勇敢的战士退缩的时候,
就是你们博取功名的大好时机。
　　—同上, 二幕一场

贝特拉姆和一些年轻贵族要上前线, 帮意大利方面作战。临行之前, 国王接见他们, 他们表示希望凯旋归来之时, 国王已经痊愈。国王说:

再见,
年轻的勇士们,
不管我是活是死,
你们都要作好男儿,
无愧于祖国母亲法兰西,
让那些意大利人明白,

你们不是去追求,

而是去赢得荣誉,

当最勇敢的战士退缩的时候,

就是你们博取功名的大好时机。

19

I will never trust a man again
for keeping his sword clean;
nor believe he can have everything
in him by wearing his apparel neatly.
——Ibid, IV, 3

我再也不相信一个把剑擦得雪亮的人会有本事，
也不相信衣服穿得整整齐齐的人会有学问。
——同上，四幕三场

帕洛是贝特拉姆的追随者，此人爱好虚荣，夸夸其谈，满嘴大话，说得头头是道，却胆小如鼠。他自吹是大名鼎鼎的军事奇才，"在围巾里藏着全套的策略，在刀鞘里装着浑身的武艺"。大家气不过，要揭穿他，就假扮敌人，把他抓起来审问。结果他把军营里的秘密都说了出来。一位大臣说：

我再也不相信一个把剑擦得雪亮的人会有本事，
也不相信衣服穿得整整齐齐的人会有学问。

《镜花水月》

《镜花水月》过去译为《爱的徒劳》《空爱一场》,是莎士比亚早期作品,像是一出闹剧。

故事开始,那瓦国王腓迪南与侍臣俾隆、杜曼、朗格维共同发誓,要在三年内潜心学问,不近女色。然而,村夫考斯塔德却因与村姑杰奎妮坦交谈违反了誓言,被抓捕。而负责看管考斯塔德的西班牙"大人物"唐·亚马多,也私下爱着杰奎妮坦。不久,法国公主因外交事务带着侍女罗瑟琳、凯瑟琳、玛利娅来到那瓦宫廷。国王和侍臣们起初不情愿与她们交谈,但很快都坠入爱河。俾隆给罗瑟琳写情书,却被考斯塔德送错对象,引发了一系列误会。这群年轻人后来认为爱情也是一门学问,他们决定化装成来访的俄罗斯人向公主及其侍女求爱,以检验对方是否专一虔诚。但公主和侍女们事先得知了计划,她们戴上面罩,交换佩戴首饰,让男士们陷入混乱。在众人准备观看霍罗福尼斯等人排演的露天历史剧时,传来了法国国王驾崩的噩耗。公主一行人准备离开,并让那瓦君臣苦修一年,如果届时他们的爱情依然忠贞不变,就来第二次求婚。最后,该剧以春之歌和冬之歌收尾。

20

Sowed cockle reaped no corn.
—*Love's Labour's Lost*, IV, 3

播下草种不会收获庄稼。
——《镜花水月》,四幕三场

那瓦尔国王突发奇想,要和三位大臣闭门读书,研究学问并立下誓言,屏除一切杂念,更不能和女人恋爱。不久,法国公主带了三位侍女来到他们国家办事。国王爱上了公主,三位大臣也分别爱上了三位侍女。他们给女方写信,写情诗,完全忘记了立下的誓言。女方表现冷漠,他们就想花样,举办假面舞会,继续向她们表达爱意。一位大臣感慨:

播下草种不会收获庄稼,
天道昭昭,
做起事来总是十分公平,
轻狂的女人正好把背誓的男人惩罚,
我们的铜钱买不到爱情。

21

Folly in fools bears not so strong a note
As fool'ry in the wise when wit doth dote,
Since all the power thereof it doth apply
To prove, by wit, worth in simlicity.
—Ibid, V, 2

蠢人办了蠢事不算讨厌,
聪明人发傻气才叫现眼,
因为他具有足够的力量,
来证明他办的蠢事正当。
—同上,五幕二场

公主一行要回国了,国王和三位大臣分别向所爱的对象送礼物,送情诗。几位女人嘲笑他们。公主说:

> 如果聪明人一旦变成傻瓜,
> 进了罗网便非常容易捉拿。
> 聪明孕育的愚蠢有聪明做掩护,
> 博学的傻瓜拿着学问当遮羞布。

一位侍女说：

> 如果聪明人热情澎湃，
> 那可比年轻人还厉害。

另一位侍女说：

> 蠢人办了傻事不算讨厌，
> 聪明人发傻气才叫现眼。
> 因为他具有足够的力量，
> 来证明他办的蠢事正当。

22

The extreme parts of time extremely forms
All couses to the purpose of his speed;
And often at his very loose decides
That which long process could not arbitrate.
—Ibid, V, 4

人生往往是到了紧急时刻,
才能把追求的目标进行安排,
很长时间不能决断的事情,
经常是在转瞬之间决定下来。
—同上,五幕四场

公主突然得到消息,她父亲去世了,便决定马上回国。国王挽留,公主去意已决。对国王说:

谢谢你,

国王陛下,

谢谢你们的努力和殷勤招待,

由于我新近遭遇变故心情不好，
如果我言语之间有时候莽撞失态，
还请你们运用博大智慧加以原谅，
是你们礼节太多才把我们宠坏。
再见，高贵的陛下，
我难以表达自己，
因为我的心情过于沉重悲哀。

国王说：

人生往往是到了紧急时刻，
才能把追求的目标进行安排，
很长时间不能决断的事情，
经常是在转瞬之间决定下来。
虽然丧父的悲痛使你愁容满面，
用微笑的礼仪表达爱情很不应该，
但是不要离开它本身的目的，
让它被悲伤的阴云遮盖。
哀悼故去的亲人，
总比不上结交新朋友的欢乐，
更能够有益身心，趋利避害。

《快乐大嫂智斗浪子》

此剧曾被译为《温莎的风流娘儿们》。据说伊丽莎白女王看了《亨利四世》后，对福斯塔夫这个角色很感兴趣，便令莎士比亚再写一个剧本，讲一讲福斯塔夫恋爱方面的事，莎士比亚奉命写了这个剧本。

　　温莎镇的没落骑士约翰·福斯塔夫爵士嗜财贪色，为骗取绅士福特与佩琪的钱财，他同时向二人的妻子福特太太和佩琪太太写情书求爱。两位机敏的夫人发现了福斯塔夫的企图，决定将计就计捉弄他。与此同时，围绕佩琪小姐的婚事也有一番波折。地方法官夏禄想让傻外甥斯兰德娶佩琪小姐，以谋取佩琪家的财产，佩琪太太则希望女儿嫁给有钱有势的法国医生凯易斯，而佩琪小姐早已心属范顿，她巧妙地违抗父母的意志，与范顿秘密相恋。在这场闹剧结尾，佩琪小姐与范顿成功私奔结婚，福斯塔夫被众人嘲笑，也得到了教训，而福特先生也认识到自己不该怀疑妻子，大家在欢笑中结束了这一系列的趣事。

23

There is either liquor in his pate
or money in his purse when he looks so merrily.
—The Merry Wives of Windsor, II, 1

看他那个高兴劲儿,
不是肚子里有了酒,就是口袋里有了钱。
—快乐大嫂智斗浪子,二幕一场

约翰·福斯塔夫虽然是个爵士,却是个流浪的混混,他好吃懒做,坑蒙拐骗,谎话连篇,拦路抢劫,无恶不作。在本剧中,他竟然用同一篇文字,向两个有夫之妇写情书,被这两个大嫂识破,她们设局捉弄他,把他搞得灰头土脸,颜面扫地。

两位乡绅在议论福斯塔夫给他们妻子写信的事。这时候酒店老板来了,一位乡绅说:

> 看他那个高兴劲儿,
> 不是肚子里有了酒,
> 就是口袋里有了钱。

24

Any extremity rather than a mischief.
—Ibid, IV, 2

宁可丢人现眼也比大祸临头好。
—同上,四幕二场

福斯塔夫来到福特家,两位大嫂都在,正说着话,突然有人来报告,福特回来了。福斯塔夫急了,连忙求救。两位大嫂让他穿上女人的衣裳,用头巾包上头,扮成一个老太婆,趁机溜出去。有人说,那样太丢人了,福斯塔夫说:

> 两块好心肝,
> 快想办法吧,
> 宁可丢人现眼也比大祸临头好。

25

What cannot be eschewed must be embraced.
—Ibid, V, 5

对避不开的事情只好把它拥抱。
—同上,五幕五场

另一位大嫂叫佩琪,她有一个女儿,爱上一个叫范顿的年轻人,可父母都不同意,要她嫁给另一个有钱人。但她还是和范顿结了婚,一同来见父母。木已成舟,佩琪的父亲只好说:

好吧,
有什么办法?
范顿,
上天祝福你!
对避不开的事情只好把它拥抱。

《如你所愿》

As You Like It

《如你所愿》曾被译为《皆大欢喜》《如愿》。

《如你所愿》是莎士比亚的一部田园喜剧。故事发生在法国的一个公国,弗雷德里克公爵篡夺了兄长的爵位,将其流放,被流放的公爵带着一些追随者在亚登森林里过着隐居生活。公爵的女儿罗莎琳因为是其近亲,仍被允许留在宫廷,与弗雷德里克公爵的女儿西利亚为伴。罗莎琳与贵族青年奥兰多相爱,然而奥兰多被哥哥奥利弗迫害,无奈逃入亚登森林。不久后,罗莎琳也被弗雷德里克公爵驱逐,她便女扮男装,与西利亚和宫廷弄臣试金石一同前往亚登森林。在森林中,罗莎琳以盖尼米德的身份遇见了奥兰多,她假装可以帮奥兰多治愈相思病,让他把自己当作罗莎琳德来求爱,以此来考验奥兰多对爱情的忠诚。同时,奥利弗来到森林想杀害奥兰多,却被奥兰多从狮子口中救出,奥利弗因此悔悟,并与西利亚相爱。

26

Time travels in diverse paces
with diverse persons.
—*As You Like It*, III, 2

时间行走，
对不同的人用的是不同的步伐。
—《如你所愿》，三幕二场

公爵被他的弟弟篡了权，并且被放逐了，他只好在森林里安身。她的女儿罗莎琳也被叔叔赶出了宫廷。但篡位者的女儿西利亚和罗莎琳姐姐的感情好，就陪着姐姐一起出走。罗莎琳为防不测而女扮男装，和妹妹一起也来到了森林里。公爵的一位老臣有两个儿子，老臣故去之后，大儿子霸占了家产，虐待小儿子奥兰多，甚至要放火烧死他。奥兰多的老仆人给他通风报信，两个人逃出家门，也来到了森林里。奥兰多爱上罗莎琳，女扮男装的罗莎琳同他开玩笑，问他现在是几点钟，奥兰多回答说树林里没有钟，罗莎琳说那么树林里就没有恋爱的人了。因为恋爱的人一

分钟叹息一次,一个钟头呻吟一声,会和钟一样测量出时间的懒散脚步。奥兰多问为什么不说是时间的迅疾脚步呢?罗莎琳说:

时间行走,
对不同的人用的是不同的步伐。

27

The sight of lovers feedeth those in love.
—Ibid, III, 4

恋人爱看别人的爱情戏。
—同上，三幕四场

罗莎琳因为恋爱而苦恼，和西利亚闲谈，一位牧羊人来告诉她们："如果你们想看一出认真上演的好戏——一个是面色苍白，因为他爱得太深；一个是面色绯红，因为她盛气凌人，你们就跟我来，只要稍走几步，就能看见，我带领你们。"罗莎琳就跟着去了，因为：

恋人爱看别人的爱情戏。

28

The fool doth think he is wise,
but the wise man knows himself to be a fool.
—Ibid, V, 1

傻子自以为聪明，
但是聪明人知道自己是个傻子。
—同上，五幕一场

小丑试金石爱上一个村姑，村姑也喜欢他，两个人要结婚。有个年轻人也喜欢这个村姑，纠缠不已，可村姑并不爱他。试金石就问这个年轻人："你有没有头脑。"年轻人说他还有点头脑。试金石说：

你说的很好，
我想起一句俗话，
傻子自以为聪明，
但是聪明人知道自己是个傻子。

《威尼斯商人》

To offend and judge are distinct offices,
And of opposed natures.
—The Merchant of Venice

The Merchant of Venice

威尼斯商人安东尼奥为帮助朋友巴萨尼奥向贝尔蒙特名媛波西亚求婚,向犹太高利贷者夏洛克借三千金币。双方约定若到期不还,夏洛克有权从安东尼奥身上割下一磅肉作为惩罚。巴萨尼奥成功求婚波西亚,然而安东尼奥的商船因风暴沉没,无法偿还贷款。夏洛克将安东尼奥告上法庭,坚持要按契约割肉。关键时刻,波西亚假扮律师出庭辩护,指出契约只约定割一磅肉,未提及流血,如果夏洛克在割肉时让安东尼奥流一滴血就要被判死罪。这一精妙的辩驳让夏洛克无法执行契约,最终败诉。公爵判决夏洛克失去一半财产,另一半归安东尼奥所有。安东尼奥表示愿代为保管夏洛克的一半财产,待其去世后转交给夏洛克女儿杰西卡——她已与洛伦佐私奔。同时,安东尼奥要求夏洛克改信基督教,夏洛克最终接受。故事最后迎来圆满结局:安东尼奥的商船平安归来,他的债务得以清偿;巴萨尼奥与波西亚、洛伦佐与杰西卡等几对恋人也幸福地生活在一起。

29

To offend and judge are distinct offices.
And of opposed natures.
——*The Merchant of Venice*, II, 9

做事和评判是截然不同的两样事,
而且性质完全相反。
——《威尼斯商人》,二幕九场

向富家小姐波西亚求婚的人,必须在金银铜三个匣子中间挑选一个,打开匣子,里边如果是波西亚的画像,便是求婚成功。求婚者阿拉贡打开的是银匣子,里边是一个傻瓜的画像,还写着:谁选择了我,就能满足同他相称的心愿。阿拉贡自言自语:

难道我就和一个傻瓜的脑袋相称?
这是给我的报酬?
我得到的就不该更为璀璨?

对此,波西亚说:

> 做事和评判是截然不同的两件事,
> 而且性质完全相反。

《无事生非》

《无事生非》曾被译为《无事烦恼》，主要讲述了两对青年男女在爱情与误会中经历波折，最终收获幸福的故事。

　　年轻贵族克劳狄奥爱上了总督的女儿希罗，在彼德罗的帮助下，克劳狄奥向希罗求婚成功。与此同时，彼德罗的私生子约翰心怀不轨，设计了一个阴谋来破坏这桩婚事。他让手下在婚礼前夜诱使克劳狄奥看到希罗的闺房中有男人，使克劳狄奥误以为希罗不贞，在婚礼上公然羞辱希罗，希罗因此昏厥，被众人以为死了过去。而在另一边，总督的侄女贝特丽丝与贵族班尼狄克是一对欢喜冤家，两人平日里相互调侃、斗嘴。在朋友们的巧妙安排下，他们以为对方都深爱着自己，于是也各自坠入爱河。后来，约翰的阴谋被揭露，真相大白。克劳狄奥为自己的鲁莽行为向总督道歉，并答应总督娶"死去"的希罗的表妹为妻。在婚礼上，希罗"复活"，与克劳狄奥重归于好。贝特丽丝和班尼狄克也在众人的祝福下走到了一起，两对恋人举行了盛大的婚礼，以皆大欢喜的结局收场。

30

There are no faces truer than those
that are so washed.
How much better is it to weep at joy
than to joy at weeping!
—*Much Ado About Nothing*, I, 1

用眼泪洗过的脸是真诚的,
因为感到高兴而哭泣,
比看见别人哭泣而高兴,
不知要好出多少倍。
——《无事生非》,一幕一场

麦西那总督迎接打了胜仗归来的人士。前方来信特别提到一位叫克劳狄奥的青年伯爵,信使说:"他虽然年轻,但却与众不同,看上去像一只羔羊,作起战来却像一头雄狮。"总督说:"他有一个叔叔在麦西那,知道了会高兴的。"信使说已经给他送信了,这位叔叔十分高兴,泪下如梭。总督说:

这是天性的自然流露,
用眼泪洗过的脸是最真诚的。
因为感到高兴而哭泣,
比看见别人哭泣而高兴,
不知要好出多少倍。

31

Silence is the perfectest herald of joy.
—Ibid, II, 1

沉默是高兴的最好先驱。
—同上,二幕一场

好友彼得罗以克劳狄奥的名义向总督的女儿希罗求婚,得到希罗的同意,总督也表示高兴。克劳狄奥高兴得说不出话来,别人催促他,"伯爵,该轮到你开口了。"他说:

沉默是高兴的最好先驱。

32

It is the witness still of excellency.
To put a strange face on his own perfection.
—Ibid, II, 3

越是假装不知道自己的长处,
越是证明自己的本领很高。

—同上,二幕三场

彼得罗和克劳狄奥在花园里散步,看见克劳狄奥的伙伴班尼狄克躲在亭子里听他们谈话。于是他们要开他的玩笑。彼得罗的仆人巴尔萨泽也和他们在一起,彼得罗就让巴尔萨泽唱歌。巴尔萨泽说:"我的嗓子太差,别让我把这支歌再一次糟蹋。"彼得罗说:

越是假装不知道自己的长处,
越是证明自己的本领很高。

33

Some Cupid kills with arrows, some with traps.
—Ibid, III, 1

丘比特有时候设圈套,有时候射箭。
—同上,三幕一场

希罗和女伴一心想促成其表妹贝特丽丝和班尼狄克的好事,她们趁商量婚事之机,知道贝特丽丝在听她们说话,便一个劲儿地夸奖班尼狄克,女伴对希罗说:"她已经上钩了,我保证,小姐,我们已经把她提在手里了。"希罗说:

要真是这样,

那么,

爱情全靠机缘,

丘比特有时候设圈套,

有时候射箭。

《仲夏夜之梦》

《仲夏夜之梦》讲述了几对青年人的恋爱故事。

赫米亚与里桑德相爱，可赫米亚的父亲却希望她嫁给德米特刘斯，并要求公爵裁决。公爵给赫米亚两个选择：要么嫁给德米特刘斯，要么去修道院当修女。无奈之下，赫米亚与里桑德决定逃至森林。赫米亚的好友海伦娜爱着德米特刘斯，她将此事告知德米特刘斯，二人也来到森林。与此同时，仙王奥伯朗与仙后提坦尼亚因一个印度小王子而争吵，奥伯朗为惩罚仙后，让精灵迫克采摘能让人爱上睁眼后所见第一个人的花汁。普克误将花汁滴在里桑德眼睛上，里桑德醒来后爱上了海伦娜，而狄德米特刘斯也被奥伯朗施了魔法，同样爱上海伦娜，这让海伦娜以为他们在戏弄自己，赫米亚也因里桑德的转变而困惑、愤怒。最后，奥伯朗解除了魔法，里桑德恢复对赫米亚的爱，德米特刘斯也真心爱上海伦娜。仙王、仙后和众精灵也为众人送上祝福，而这一切就像一场奇幻的仲夏夜之梦。

Bootless speed,
when cowardice pursues and valour flies.
—*A Midsummer Night's Dream*, II, 1

弱者追逐强者，速度再快也是白搭。
——《仲夏夜之梦》，二幕一场

德米特刘斯爱的是赫米亚，海伦娜则迷恋德米特刘斯，把他骗到树林里和他见面。德米特刘斯说："我要跑着离开你，藏进丛林里，让野兽来把你捉拿。"海伦娜说：

> 最凶猛的野兽也没有你心狠，
> 你愿意就跑吧，
> 古老的传说发生了变化；
> 阿波罗在跑，
> 达芙妮在追，
> 鸽子在把鹰面狮身的怪物追杀；
> 温和的母鹿在追逐老虎，
> 弱者追逐强者，
> 速度再快也是白搭。

35

Disparage not the faith thou dost not know,
Lest, to thy peril, thou aby it dear.
—Ibid, III, 2

你不懂的真理，
你别以为就是虚假，
不然你会付出极高的代价。
—同上，三幕二场

大神奥伯朗和神后提坦尼亚闹别扭，奥伯朗要报复她，就命令普克趁提坦尼亚熟睡时，把一种药水滴在她的眼睛上，等她醒来，就会爱上第一眼看见的人。提坦尼亚醒过来，第一眼看见一头驴，就爱上了驴。普克还把药水滴在几个年轻人的眼睛上，其中就有德米特刘斯，他醒过来，第一眼看见了海伦娜，就对缠着海伦娜的里桑德说：

里桑德，
留着你的赫米亚吧，

我不想要,

就算我以前爱过她,

现在也已经忘掉。

我对她的爱不过像旅客一样暂时栖息,

现在对海伦娜的爱才是真正回到家里。

里桑德说:"海伦娜,别信他的话。"德米特刘斯说:

你不懂的真理,

你别以为就是虚假,

不然你会付出极高的代价。

36

And tongue-tied simplicity
In least speak most to my capacity.
—Ibid, V, 1

张口结舌的淳朴,
却能把最深的感情表达清楚。
—同上,五幕一场

公爵提休斯和希波丽塔成婚,情侣们和一些工匠来道贺,还准备了节目。希波丽塔说这些人不会表演。提休斯说:

> 即使他们的演出毫无价值,
> 他们出错,
> 正可以博得我们一笑,
> 至于他们可怜的忠心做不到的东西,
> 我们要看重他们付出的努力,
> 而不必去看重他们取得多大成绩,
> 在我所到之处,
> 那些有学问的人,

为了迎接我,

总是准备一篇欢迎之词,

但是一看见我就全身发抖,

脸色苍白,

说话也结结巴巴,

中途停止。

由于害怕,

背熟的话都憋在嘴里,

结果是哑口无言,

说不出欢迎的词句。

相信我,

亲爱的,

从这沉默当中,

我看出来他们欢迎的诚意,

在谦诚的恐惧当中表示的内容,

并不亚于雄辩口才表达的意义。

所以,

亲爱的,

张口结舌的淳朴,

却能把最深的感情表达清楚。

《作茧自缚》

《作茧自缚》曾被译为《一报还一报》《量罪记》《请君入瓮》。

当时，维也纳城风纪松弛，公爵决定暂时离开，委托安哲罗代理政务。安哲罗是个道貌岸然的伪君子，他一上台便以严格执行法律为名，禁止一切风流韵事，对违反者严惩不贷。克劳狄奥因使女友朱丽叶怀孕而被安哲罗判处死刑。克劳狄奥的姐姐伊莎白拉是个见习修女，她为救弟弟，前往安哲罗处求情。安哲罗见伊莎白拉美貌动人，竟提出以与他同寝为条件来换取克劳狄奥的性命。伊莎白拉坚决拒绝，并将此事告知了克劳狄奥。克劳狄奥在生死关头，竟也动摇了，劝姐姐答应安哲罗的要求，这让伊莎白拉十分失望。公爵其实并未离开维也纳，他乔装成修士暗中观察一切。他设计让玛利安娜假扮伊莎白拉与安哲罗幽会，安哲罗误以为得手，便答应释放克劳狄奥。然而，公爵又故意让安哲罗以为克劳狄奥已被处决，以此来考验安哲罗的良心。最终，公爵现身，揭露了安哲罗的罪行，安哲罗得到了应有的惩罚。克劳狄奥被释放，伊莎白拉的贞洁得以保全，公爵向伊莎白拉求婚，故事在皆大欢喜的氛围中结束。

37

Mercy is not itself that oft looks so;
Pardon is still the nurse of second woe.
——*Measure for Measure*, II, 1

姑息纵容并不是慈悲心肠,
下次犯罪是由于上次原谅。
——《作茧自缚》,二幕一场

公爵要外出一阵子,让安哲罗暂时执政,并请一位老臣辅佐他。实际上公爵是要考验安哲罗。他去到一个修道院,让院长为他准备一套修士的服装,教他修士的举止,便于他微行私访。他对院长说:

我要看看人一旦当权,
他的性格是否会完全改变。

安哲罗上任后立即颁布了一项严苛的法令:凡犯奸淫罪者,一律处以死刑。此时,一位名叫克劳狄奥的青年与未婚妻本已准备结婚,但因女方继承的遗产尚未到位,两人决定暂缓婚礼。然而,在等待期间,他们却提前同居,致使女方怀孕。安哲罗毫不留情地判处克劳狄奥死刑,并下令立即执行。众人包括那位老臣都纷纷为这位年轻人求情,都遭到安哲罗驳回。老臣没办法,只好对周围的人说:

  姑息纵容并不是慈悲心肠,
  下次犯罪是由于上次原谅。

38

The tempter or the tempted,
who sins most, ha ?
—Ibid, II, 2

诱惑的和被诱惑的,
谁更有罪?
—同上,二幕二场

克劳狄奥的朋友找到他那位想当修女的姐姐伊莎白拉,让她去向执政人求情。伊莎白拉面见了安哲罗,她端庄的态度,合情合理的恳切言辞,竟使得安哲罗动摇了。安哲罗自言自语道:

诱惑的和被诱惑的,
谁更有罪?

39

The miserable have no other medicine,
But only hope.
—Ibid, III, 1

不幸的人除了希望之外,
没有别的灵丹妙药。
—同上,三幕一场

公爵知道了这件事,就扮成修士,到监狱去见克劳狄奥,问他:"你是希望安哲罗大人赦免了你?"克劳狄奥回答:

不幸的人除了希望之外,
没有别的灵丹妙药。

40

Hence hath offence his quick celerity,
When it is borne in high authority.
—Ibid, IV, 2

身居高位的人都知法犯法，
自然要影响全社会的风化。
——同上，四幕二场

安哲罗向伊莎白拉提出了一个无耻的条件：只要她肯献身于他，就可以赦免克劳狄奥。伊莎白拉拒绝了。她来到监狱，把这件事告诉弟弟，并且说，她宁可让弟弟死，也不能让自己蒙羞。他们的话正巧被微服私访的公爵听到了。公爵表示愿意帮助他们。

原来，安哲罗有个未婚妻，名叫玛丽安娜。他们本已约定，只等玛丽安娜的哥哥从海上回来，带来玛丽安娜的嫁妆，他们就结婚。然而没想到船只失事，玛丽安娜的哥哥死了，嫁妆也泡汤了。安哲罗声称发现了玛丽安娜品行不端，单方面毁弃了婚约。

公爵想出一个计策，他让伊莎白拉去见安哲罗，说愿意和他秘密幽会，只是要在黑夜，时间不能长。实际上是让玛丽安娜代替伊莎白拉，去和安哲罗成其好事。伊莎白拉依计行事。事后，安哲罗给狱官来了一道命令，公爵以为是赦免令，就发了一通感慨：

> 这是用罪恶换来的赦免令，
> 赦罪的人也卷入罪恶之中。
> 身居高位的人都知法犯法，
> 自然要影响全社会的风化。

然而，这道命令不是赦免令，而是让狱官立即杀死克劳狄奥。

41

They say, best men are moulded out of faults;
And, for the most,
become much more the better
For being a little bad;
—Ibid, V, 1

据说好人都是错误打造的,
有小缺点的人会变得贤德无比。
——同上,五幕一场

公爵让狱官杀死一个真正的罪犯,应付了安哲罗,而后公爵以本来面目回来,安排伊莎白拉和玛丽安娜拦路喊冤,揭穿了安哲罗的真面目,赦免了克劳狄奥。公爵要处分安哲罗。这时候玛丽安娜拉着伊莎白拉,为安哲罗求情:

据说好人都是错误打造的,
有小缺点的人会变得贤德无比。

公爵答应了她们的求情。

《冬天的故事》

One good deed dying tongueless
Slaughters a thousand waiting upon that.
—*The Winter's Tale*

The Winter's Tale

西西里国王里昂提斯怀疑妻子赫米温妮与来访的波希米亚国王波力克希尼斯有染，不顾众人劝阻，下令将怀有身孕的妻子投入监狱。赫米温妮在狱中生下女儿潘狄塔后，因悲伤过度而昏厥，被误认为已死。里昂提斯又命人将刚出生的女儿遗弃在波希米亚的荒野。正巧一位老牧羊人发现了女婴，并将她抚养长大。十六年后，出落得亭亭玉立的潘狄塔与波西米亚王子弗罗利泽相爱。后来，在神谕的指引下，里昂提斯得知真相，懊悔不已。他前往波希米亚，希望能得到原谅。在波希米亚宫廷，众人得知潘狄塔的真实身份，皆惊喜不已。同时，赫米温妮的雕像被发现，当里昂提斯向雕像忏悔时，雕像竟神奇地复活，原来赫米温妮并未死去，而是被善良的保利娜藏了起来。最终，里昂提斯与赫米温妮团聚，潘狄塔与弗罗利泽也喜结良缘，两个王国恢复和平，众人在爱与宽容中迎来美好的结局。

42

One good deed dying tongueless
Slaughters a thousand waiting upon that.
—*The Winter's Tale*, 1, 2

一件好事如果得不到称赞，
等于消灭了接踵而来的一千件好事。
—《冬天的故事》，一幕二场

波希米亚国王和西西里国王是好朋友，当波国王访问西西里结束准备启程回国时，西国王极力挽留，波国王仍坚持要走。西国王就让王后出面劝说。王后一番恳切的言辞终于打动了波国王，使他决定暂缓归期。西国王意味深长地说："王后从前可从未如此能言善道，除了一次例外。"王后好奇地问他是哪一次。

请你告诉我，
一件好事如果得不到称赞，
等于消灭了接踵而来的一千件好事。
得到夸奖便是对我们的报酬。

《国王的家事》

On greatness' favour
dream as I have done,
Wake and find nothing.
Cymbeline

Cymbeline

《国王的家事》,过去音译为《辛白林》。

不列颠国王辛白林有一个名叫伊摩琴的女儿。国王后来娶了一位寡妇,这位寡妇还带来了一个儿子。新王后处心积虑地想让伊摩琴嫁给自己的儿子,但伊摩琴拒绝了这桩婚事,因为她爱上了普通人波修姆斯。在王后的挑唆下,国王将波修姆斯流放。王后见逼婚不成,便起了加害伊摩琴的念头。幸运的是,伊摩琴在仆人的帮助下成功逃脱。时值不列颠与罗马交战,在一场战役中,波修姆斯挺身而出,帮助不列颠击败了罗马军队。然而,当他误信伊摩琴已逝的噩耗后,也不想活下去,于是换上罗马人的衣服,被不列颠士兵捉去关在牢里。

43

On greatness' favour,
dream as I have done;
Wake and find nothing.
—*Cymbeline*, V, 4

那些依靠贵人恩宠的可怜虫，
就像我在梦中一样心情舒服，
一旦醒来万事皆空。
—《国王的家事》，五幕四场

在思念伊摩琴的日子里，他做了一个梦，梦中见到了自己的父母和两个兄长。醒过来以后，他说：

> 真是作弄人的梦幻，
> 他们走了，
> 就像来那样突然。
> 于是我醒了。
> 那些依靠贵人恩宠的可怜虫，
> 就像我在梦中一样心情舒服，

一旦醒来万事皆空。
但是我没有说对!
　有些人没做梦,
　　也不配,
　　却也大富大贵。
我就是这种情况,
　　糊里糊涂,
　　就做起梦来,
　　不知什么缘故。

《海外奇遇》

Pericles

《海外奇遇》，过去音译为《泰尔亲王配力克里斯》。

泰尔亲王配力克里斯因猜出安提塞克国王安提奥克斯与其女儿的乱伦谜语，遭到追杀，被迫离开家乡浪迹天涯。他先到塔萨斯帮助当地消除饥荒，后又飘泊到潘塔波里斯，在那里遭遇海难被渔民救出，还参加公主泰莎的生日比武盛会并娶她为妻。安提奥克斯与女儿死后，配力克里斯夫妇乘船回泰尔，途中泰莎因分娩后被认为死亡而被抛入大海，实则被冲到以弗所被名医救活并做了狄安娜神庙的修女。配力克里斯把女儿玛丽娜送到塔萨斯抚养，自己返回泰尔。16年后，玛丽娜出落得美丽动人，却遭人嫉恨被海盗卖给米提林的妓院。配力克里斯因得知女儿"死讯"悲伤过度而疯癫，再次流浪到米提林，玛丽娜的歌声使他恢复神志。在狄安娜女神的指引下，配力克里斯前往以弗所，在神庙向修女倾诉经历，才发现修女就是泰莎。最终，拉西马卡斯和玛丽娜成为泰尔的国王和王后，配力克里斯和泰莎在以弗所安享生活。

44

As jewels lose their glory if neglected,
So princes their renowns if not respected.
—*Pericles*, II, 2

正如珠宝受人忽视就会失去光彩,
众人不尊敬,王子们也就没有荣誉可谈。
——《海外奇遇》,二幕二场

泰尔王子配力克里斯到海外游览,船只失事,被抛到一处海边,一群渔人救了他。他们告诉他,这里叫潘塔波利斯,国王叫西蒙尼德斯。第二天,国王为了庆贺他女儿泰莎的生日,要举行比武,世界各地的年轻人都来,为的是赢得她的爱情。配力克里斯听了,也要去比武。比武当天,西蒙尼德斯和泰莎来到比武场。西蒙尼德斯高兴地告诉臣民:

今天比武正是为了庆贺她的华诞。
  她坐在这里,
    像美貌的天仙一样,
      造化生了她就是让人惊叹赞赏。

　　泰莎说,您总是喜欢把我过分夸奖,其实,我并不值得让您那样赞扬。西蒙尼德斯说:

> 这是应该的,
> 　因为上天是按照自己的模样,
> 　　生下来王子公主,
> 　　　皇室成员,
> 　正如珠宝受人忽视就会失去光彩,
> 　　　众人不尊敬,
> 　　王子们也就没有荣誉可谈。

45

Whereby I see that Time's king of men;
He's both their parent and he is their grave,
And gives them what he will,
not what they crave.
—Ibid, II, 3

由此我懂得,时间是人类的君王,
他既是他们的父母,却又是他们的坟茔,
他给的不是他们的要求,而是随他高兴。
——同上,二幕三场

比武当中,配力克里斯取得胜利。西蒙尼德斯举办宴会,招待骑士们,并为配力克里斯安排了特殊的座位。配力克里斯看着西蒙尼德斯,自言自语:

这位国王,
很像我的父亲,
使我想起他当年威风凛凛的仪表,
大臣们像众星拱卫在他的宝座周围,

他像太阳一样接受他们的朝拜和祝祷。

任何人看见他都像暗淡的星星,

对他的耀眼光芒低首弯腰。

如今他的儿子却像夜间的萤火之光,

在黑暗中闪耀,

在白天却没有光亮。

由此我懂得,

时间是人类的君王,

他既是他们的父母,

却又是他们的坟茔,

他给的不是他们的要求,

而是随他高兴。

No certain life achieved by others' death.
King John, IV. 2

《约翰王》

So foul a sky clears not without a storm.
King John, IV. 2

King John

约翰王通过不光彩的手段登上王位,他的统治面临着诸多挑战。外部上,法国国王菲利普二世支持约翰王的侄子亚瑟对英格兰王位的诉求,引发了英法之间的战争。在战场上,双方互有胜负,局势陷入僵持。内部方面,约翰王与教会发生了激烈冲突。他拒绝接受教皇英诺森三世任命的坎特伯雷大主教,导致教皇对英格兰实施禁令,使国内宗教和社会秩序受到严重影响。约翰王在与教会的对抗中,逐渐陷入孤立无援的境地。同时,约翰王在国内的统治也不得人心。他横征暴敛,引起了贵族们的强烈不满。贵族们联合起来,组成反对势力,与约翰王进行对抗。约翰王在面对内忧外患的困境时,试图采取一些措施来挽回局面,但都未能成功。最终,约翰王在众叛亲离的情况下,被迫与贵族们签订了《大宪章》,限制了自己的权力,以换取国内的和平与稳定。但不久后,约翰王在一次行军途中,因食用了有毒的食物而驾崩,结束了他充满争议的统治。

46

No certain life achieved by others' death.
—*King John*, IV, 2

持久的生命不能依靠别人死亡。
—《约翰王》，四幕二场

英国国王理查一世去世以后，本应该由理查的侄子亚瑟继承王位，但是理查的小弟弟约翰靠他母亲太后的帮助，篡夺了王位。亚瑟的母亲找法国帮忙，要夺回王位。约翰着慌，就派人杀害了亚瑟。这一行为导致大臣们不满，约翰害怕失去大臣们的支持，也有些后悔：

他们义愤填膺，

我真是后悔，

靠流血建的基础不会稳当，

持久的生命不能依靠别人死亡。

47

So foul a sky clears not without a storm.
—Ibid, IV, 2

阴沉的天空没有暴风雨就不会放晴。
—同上,四幕二场

这时,法国军队杀进来了,信使急忙来向国王约翰报告。约翰见他脸色慌张,就问他:

> 你的眼睛充满恐惧,
> 脸色为什么苍白?
> 我曾经看见过血色在你的脸上,
> 阴沉的天空没有暴风雨就不会放晴,
> 说出来吧,
> 法国现在是什么情况?

Since the more fair and crystal is the sky,
The uglier seem the clouds that in it fly.
—*Richard II*, I. i. 41

《查理二世》

Direct not him whose way himself will choose.
—*Richard II*, II. i.

Love loving not itself, none other can.
—*Richard II*, V. iii.

They love not poison that do poison need.
—*Richard II*, V. vi.

Richard II

理查二世继承王位后，挥霍无度，将国家财政用于个人享受，还宠信佞臣，疏远了许多贵族。他对兰开斯特公爵刚特的领地加以没收，这一行为引发了贵族们的强烈不满，为其统治埋下了隐患。刚特的儿子波林布洛克在流亡期间听闻父亲去世，领地被夺，于是返回英格兰，打着为父报仇和恢复正义的旗号，召集支持者。他的势力迅速壮大，而理查二世此时正在爱尔兰征战，国内空虚。波林布洛克率军逼近伦敦，理查二世匆忙回国，但已无力回天。贵族们纷纷倒戈，支持波林布洛克。理查二世最终被囚禁在伦敦塔中，被迫退位。波林布洛克加冕为王，即亨利四世。在囚禁期间，理查二世反思自己的过往，对权力和人生有了新的感悟。他意识到自己的愚蠢和错误，但为时已晚。最后，理查二世在狱中被谋杀，死因不明，但普遍认为与亨利四世的统治有关。

48

Since the more fair and crystal is the sky,
The uglier seem the clouds that in it fly.
—*Richard II*, I, 1

因为天空越是明澈晴朗，浮云越是显出丑陋形状。
—《理查二世》，一幕一场

在理查二世治下，他的堂弟波林布洛克，即后来的亨利四世，和理查的宠臣毛布雷不和，在理查面前控告毛布雷：

> 你是一个叛贼，
> 是一个不信教的恶棍，
> 你出身高贵不该如此，
> 你不配活在世上，
> 因为你有这样的恶行。
> 因为天空越是明澈晴朗，
> 浮云越是显出丑陋形状。
> 我要再一次指斥你的大罪，
> 把叛徒名称塞进你的喉咙。

49

Direct not him whose way himself will choose.
—Ibid, II, 1

对一意孤行的人,你不必指教。
—同上,二幕一场

理查的四叔刚特公爵,就是波林布洛克的父亲,在临死之前,要跟理查说说心里话。理查的七叔约克公爵劝他不必。

> 他的耳朵充满了阿谀谄媚,
> 就连明智的人也会如痴如醉,
> 还有那些邪恶的淫词艳曲,
> 年轻人也敞开耳朵来者不拒;
> 从奢华的意大利传来各种时尚,
> 我们这甘心效颦的国家也亦步亦趋。
> 无论世界上什么地方出现浮华新潮,
> 不管它是多么邪恶,

只要是新奇,
还不是很快就传到他耳朵中去?
天性的嗜欲和理智的思考一直作对,
想让他听从苦口良言已经是太迟,
对一意孤行的人,
你不必指教,
你呼吸困难,
多说话恐怕不妙。

50

Love loving not itself, none other can.
—Ibid, V, 3

一个人连自己都不爱,也不会去爱别人。
—同上,五幕三场

波林布洛克逼走理查二世,登上王位,即亨利四世。一些贵族想要复辟,进行叛乱。约克公爵的儿子奥默尔也参与其中。约克向亨利揭发儿子,公爵夫人来向亨利四世求情。约克说:

> 无论是谁求情,
> 如果你原谅,
> 更多的罪恶就会越发猖狂;
> 把腐烂肢体砍掉,
> 其他部分还能保全,
> 如果不进行处置,
> 整个身体都会溃烂。

公爵夫人说:

   啊,国王,
  这个狠心的人说话你不要相信,
   一个人连自己都不爱,
    也不会去爱别人。

51

They love not poison that do poison need.
—Ibid, V, 6

需要毒药的人并不见得就喜欢毒药。
—同上,五幕六场

一位绅士爱克斯顿为了向上爬,杀了理查,来向亨利四世邀功。亨利四世说:

爱克斯顿,

这样做会有闲话,

我不感谢你,

因为你下毒手干下的事,

会使我们这个有名的国家感到羞耻。

爱克斯顿说:"陛下,我是听了你的话才去把他杀掉。"亨利说:

需要毒药的人并不见得就喜欢毒药。

> 我也不喜欢你。
> 我虽然希望他死亡,
> 但是我憎恨凶手,
> 尽管我如愿以偿。
> 你的辛劳所得,
> 就是你良心有罪,
> 我不会对你夸奖,
> 或者赐你恩惠。
> 我让你陪着该隐在黑夜阴影里流浪,
> 不准你在白天出现,
> 不准你见到阳光。
> 诸位大人,
> 我声明我心里充满伤痛,
> 我升到这个地位竟然是鲜血浇成。

据《圣经》,该隐是亚当和夏娃的长子,他杀了他的弟弟亚伯,后来的文学作品中常把该隐当作杀人犯的代名词。

The better part of valour is discretion;
In the which better part I have saved my life.
—Henry IV, Part One, V.4

《亨利四世》

Against ill chances men are ever merry,
But heaviness foreruns the good event.
—Henry IV, Part Two, IV.2

It is certain that either wise bearing
or ignorant carriage is caught,
as men take diseases, one of another. Therefore let men
take heed of their company.
—Henry IV, Part Two, V.1

Henry IV

《亨利四世》分为上下两部，主要讲述了亨利四世统治时期英格兰的政治动荡与宫廷内外的故事。亨利四世通过政变推翻了理查二世登上王位，然而他的统治并不安稳，面临着内忧外患。国内，贵族们对他的王位合法性存在质疑，以诺森伯兰伯爵为首的势力发动叛乱，试图推翻他的统治。亨利四世不得不率军平叛，在战场上与反叛势力进行艰苦的斗争。在经历了一系列事件后，亨利四世的儿子逐渐成熟。他在战场上英勇作战，帮助父亲平定了叛乱，证明了自己的实力和担当。最终，亨利四世在病榻上反思自己的一生，对王位的争夺和统治的艰辛有了深刻的感悟。而亨利四世的儿子在父亲去世后，继承王位，成为亨利五世，他告别了过去的荒唐生活，展现出了一位英明君主的风范，为英格兰的未来带来了新的希望。

52

The better part of valour is discretion;
in the which better part I have saved my life.
—*Henry IV, Part One*, V, 4

随机应变是勇敢的重要部分,
我靠随机应变才活了下来。
——《亨利四世上》,五幕四场

亨利四世登基,一些贵族不服,起兵反对他。叛军头目珀西,武艺高强,英勇善战,国王军队里的很多人都怕他。在一次战斗中,珀西被亨利的儿子,即后来的亨利五世杀死。福斯塔夫也参加了这次战斗,他遇见一个凶狠的对手,就躺到地上装死。硝烟散尽,他爬起来。看见珀西的尸体:

刚才我装死装得真是时候,
不然那个凶神似的苏格兰人就毫不留情要了我的命啦。
装死?

我撒谎,

我没装死,

死才是装,

因为他样子像个人,

却没有人的生命,

而一个大活人装死,

不能算是装,

因为他真正是一个实实在在的形体。

随机应变是勇敢的重要部分,

我就是靠随机应变才活了下来。

该死,

我害怕这个炸药一般的珀西,

虽说他死了,

他要是也装死,

突然站起来怎么办?

凭良心说,

我害怕他装死装得比我好,

所以我得把他搞利索了。

对,
我得发誓说是我杀了他。
他为什么不能和我一样站起来呢?
只有亲眼看见的人,
才能驳斥我。
可是没有人亲眼看见。

53

Against ill chances men are ever merry,
But heaviness foreruns the good event.
—*Henry IV, Part Two*, IV, 2

厄运当头之前，人们总是心情愉快，
忧心忡忡的时候，意味着要交好运。
——《亨利四世下》，四幕二场

叛乱在继续。主教、哈斯丁斯、毛布雷率领又一股叛军，约翰王子带兵应付他们。约翰对他们说，国王可以答应他们的要求，让他们把队伍解散，坐下来好好谈。主教同意，就让哈斯丁斯把队伍解散，领军饷各自回家。约翰的手下拿来酒，让毛布雷喝，毛布雷说：

> 你这杯酒来得正是时候，
> 因为我突然觉得身体不爽，
> 精神不振。

主教说：

   厄运当头之前，
  人们总是心情愉快，
   忧心忡忡的时候，
   意味着要交好运。

等他们的军队解散，约翰立刻把他们一网打尽。

54

It is certain that either wise bearing
or ignorant carriage is caught,
as men take diseases, one of another. Therefore let men
take heed of their company.
—Ibid, V, 1

确定无疑的是,
无论是聪明的举动,还是无知的行为,
都像人得病一样,会互相传染,
所以人交朋友必须慎重。
—同上,五幕一场

福斯塔夫到夏娄法官家做客,看见法官的仆人向法官为自己的朋友求情,法官痛快地答应了。福斯塔夫大发感慨:

看看他的仆人和他这样臭味相投,
倒算是一件奇妙的事。
他们天天顺着他,
都沾染了一点愚蠢法官的习气;

而他呢,

天天和他们打交道,

也变成了有法官味道的仆人。

他们关系密切,

性格也默契起来,

就像大雁一样,

飞到一起了。

要是我向夏娄法官求情,
我就去拍他仆人的马屁,
说他们是主人的亲信;
要是我想求他的仆人做事,
就去奉承法官,
说他最会治理下属。
确定无疑的是,
无论是聪明的举动,
还是无知的行为,
都像人得病一样,
会互相传染,
所以人交朋友必须慎重。

《亨利五世》

Ill will never said well
—— *Henry V*

Henry V

亨利五世年轻时是个浪荡子，与福斯塔夫等一群酒肉朋友整日玩乐。但在他登基后，迅速转变形象，展现出卓越的领导才能和治国智慧。他决心收复法国失地，以此来增强英格兰的国力和威望。在出征法国前，亨利五世整顿军队，鼓舞士气，并以强硬的姿态向法国宣战。他率领英军渡过英吉利海峡，在阿金库尔与法军展开了一场关键战役。当时，英军兵力远少于法军，但亨利五世巧妙地利用地形和战术，激励士兵奋勇作战。最终，英军以少胜多，取得了辉煌的胜利，这场战役也成为了英国军事史上的经典战例。在战争过程中，亨利五世不仅展现出了非凡的军事才能，还表现出了对敌人的宽容和对和平的渴望。他拒绝了部下对法军俘虏的屠杀建议，彰显了王者风范。战后，亨利五世通过谈判与法国签订了和约，法国国王同意将女儿凯瑟琳公主嫁给亨利五世，并割让大片领土给英格兰。

55

Ill will never said well.
—*Henry V*, III, 7

坏心眼永远说不出好话来。
——《亨利五世》,三幕七场

亨利四世去世,亨利五世即位。为了保卫英国在法国的利益,亨利五世亲自带兵到法国打仗,法国派出太子、法军元帅和奥尔良公爵领兵迎敌。元帅和奥尔良背地里调侃太子,说他表面上勇敢,实际却说不伤害人是美德,元帅说他这个美德是藏起来的。奥尔良说不是藏起来的。元帅说:

> 它是藏起来的。
> 除了他的仆人之外,
> 谁也没看见过。
> 那是套上的勇敢,
> 一露出脸来,

  就要扑打翅膀,

  把勇敢都扑打没了。

奥尔良说:

  坏心眼永远说不出好话来。

《亨利六世》

Henry VI

《亨利六世》描述的是英国历史上最混乱的时期，著名的玫瑰战争就发生在这个时期。亨利五世去世时，亨利六世只有九个月大，朝政大权都落在大臣手里。由于亨利四世是靠武力夺取了政权，所以很多有资格的王族都跃跃欲试。亨利国王所在的兰开斯特家族的族徽是红玫瑰，而有实力的约克家族的族徽是白玫瑰，两个家族进行了多年的战争，最终约克派取得胜利。

56

The harder matched, the greater victory.
　　—*Henry VI, Part Three, V, 1*

敌人越是强大,胜利就越是辉煌。
　　—《亨利六世下》,五幕一场

在最后的决战中,约克派的首领爱德华眼看着一队一队的士兵加入到兰开斯特一边,他说:

敌人越是强大,胜利就越是辉煌。

《亨利八世》

Henry VIII

亨利八世因王后凯瑟琳无法诞下男性继承人,且他钟情于宫女,于是想要与凯瑟琳离婚,这引发了与罗马教廷的冲突。亨利八世不顾教皇反对,毅然与凯瑟琳离婚,并娶宫女为妻,同时推动英国宗教改革,使英国教会脱离罗马教廷,自己成为英国国教的最高领袖。在宫廷中,权臣伍尔西曾权倾一时,但因在国王离婚一事上未能满足亨利八世的期望,逐渐失宠,最终被指控叛国罪而倒台。而宫女成功生下女儿伊丽莎白,但后来也因被指控通奸等罪名被送上断头台。

Henry VIII

57

A beggar's book Outworths a noble's blood.
—*Henry VIII*, I, 1

乞丐的学问比贵族的血统价钱更高。
—《亨利八世》，一幕一场

伍尔西是国王亨利八世的宠臣，他是红衣主教，又是当朝首相。朝里的贵族大臣对他的所作所为颇有微词。伍尔西尤其对白金汉公爵恨之入骨，因为白金汉是王族，在朝里势力很大，亨利国王对白金汉也很忌惮，害怕他取代自己。伍尔西利用这一点想出了一条计策，买通了白金汉的管家，证明他谋反，这样就可以顺理成章地把他除掉。一天白金汉和诺福克公爵在朝堂上议论伍尔西，诺福克说：

> 他并不是出自名门高第，
> 这样的祖先会为后代铺就光明大道，
> 又没有受到指派，

> 给国王立下汗马功劳,
>
> 更没有身居高位的大臣帮助,
>
> 而是自己抽丝织网,
>
> 像蜘蛛一样灵巧,
>
> 他是告诉我们,
>
> 他靠自己闯出一条路,
>
> 是上天赐给他的礼物,
>
> 把这个仅次于国王的位置买到。

正在这时,伍尔西出现了,他和手下的人嘀嘀咕咕说一些什么,白金汉说:

> 这条屠夫的狗嘴里满是毒液,
>
> 我却没有能力把他的嘴套牢,
>
> 所以最好别把他从睡梦中惊醒,
>
> 乞丐的学问比贵族的血统价钱更高。

伍尔西最终把白金汉告倒,处了死刑。

有国王就有王族,王族又有许多亲眷,这些人都是贵族。国王任命大臣,大多从贵族里出,普通人很难进这道大门。欧洲还有另一条从政之路就是宗教。宗教人士从干政到逐渐登上要津,伍尔西就是这样,后来的克兰默也是。贵族们当然瞧不起这些人,但又无可奈何,只好嘴上痛快痛快。

58

Things done well And with a care exempt
themselves from fear;
Things done without example,
in their issue Are to be fear'd.
—Ibid, I, 2

把事情办好，而且小心翼翼，
那就不要有任何恐惧。
做一件没有前例的事，其结果倒要慎重考虑。
—同上，一幕二场

伍尔西以国王的名义发布诏书，横征暴敛，激起民愤。王后凯瑟琳向国王讲述事情的原委：

事情的严重性来自一道诏书，
命令每个人都征收财产的六分之一。
而且立即征收，
不许拖延，
借口就是筹集同法国作战的军费。

这就使得人们敢于口出狂言,
不顾臣民的本分而大放厥词,
把忠顺冻结在心里。
原来祈祷的人现在也在咒骂,
原来温顺驯良的人,
现在也成了愤怒怨恨的奴隶。

国王说这不是他的意思。伍尔西辩解说:

我在枢密院也只投下了一票,
如果不是各位博学的法官同意,
我也不能把这一票投下去。
如果我受到一些无知之辈的诋毁,
这些人既不了解我又不认识我,
却记录下我的言行对我进行攻击,
我要说这是身居高位的人的命运,
是美德必须经历的路上的荆棘。
我不能停下我们必要的行动,
只因为有人指责并且怀有恶意。

这些人就像一些贪吃的鱼,

把一艘披上新装的大船跟随。

但是除了空洞的妄想之外,

他们得不到任何利益。

我们做的好事,

一些弱智的人,

往往加以恶意的解释,

不归功于我们,

而我们做的坏事,

因为适合了粗俗的口味,

他们就高声喊叫,

说是最好的行为。

如果我们原地不动,

害怕对我们的动议嘲笑或吹毛求疵,

那我们只好在坐的地方扎根,

或者像一尊石像在这里矗立。

国王发表意见:

把事情办好,

而且小心翼翼,

那就不要有任何恐惧。
做一件没有前例的事,
其结果倒要慎重考虑。
你这道诏书有前例吗?
我相信没有,
我们不能剥夺臣民的法定权利,
把他们按照我们的愿望随意处置。
每个人都六分之一?
这种捐献令人发抖!
这就是砍掉每棵树的树枝剥掉树皮,
再锯掉一部分树干,
尽管留下树根,
遭了这样的砍伐,
风就会吹干液汁。
马上去对这件事有争议的各个群体,
派人把我的文告送去。
那些对上次诏书抵制的人,
一律都要得到宽恕,
不得有违。

一些历史学家把亨利八世称为英国历史上的明君,他进行宗教改革,英国的教会领袖即是国王,不听罗马教廷的摆布,对英国的发展起了很大作用。莎士比亚时代的伊丽莎白女王,是亨利八世的第二个妻子安·波琳所生,所以莎士比亚笔下的亨利八世是明君的典范,把伍尔西假他的名义推行的苛政加以纠正,体现了这位明君的"明"。

59

And' tis a kind of good deed to say well;
And yet words are no deeds.
—Ibid, III, 2.

说的好也可以算是做一件好事，
但是说话和做事毕竟不同。
——同上，三幕二场

伍尔西凭着三寸不烂之舌和会看眼色溜须拍马的本领，登上一人之下万人之上的高位，一位大臣说："他的嘴能迷住国王，他的话好像是魔法咒语。"但是国王发现了他贪赃枉法和里通外国的证据，把他找来质问。他辩解：

我有时间进行我的圣职活动，
也有时间把承担的国家大事考虑；
天道也要求我对自己进行保养，
作为造物主之子，
我这血肉之躯也同我的兄弟姐妹一样，
需要休息。

国王说他说得好，他接着说：

  但愿陛下能够常常，
  把我说的同我做的进行对比，
  我会不断地创造这样的机会。

国王说：

  说的好也可以算是做一件好事，
  但是说话和做事毕竟不同。
  我父亲是爱你的，
  他说他爱你，
  他也的确在你身上实现了他的话。
  我登基以来一直把你当作知己，
  不仅派你去办最能获利的差事，
  而且把我的财产也作为恩宠赐给你。

这句话吓着了伍尔西，他不禁想，这是什么意思？

亨利八世是亨利七世的第二个儿子，他的哥哥早死，才轮到他继位。为了稳定局面，他先娶了他的寡嫂凯瑟琳，站稳脚跟之后，他看中了波琳，提出和凯瑟琳离婚，理由是凯瑟琳没生男孩子,只生了女儿玛丽。偏偏一些大臣不同意,其中就有伍尔西,这就惹恼了亨利八世;再加上伍尔西想当罗马教廷的红衣主教,不惜重金贿赂教廷的人士,被亨利八世发现,自然要收拾他。

60

Men's evil manners live in brass;
their virtues we write in water.
—Ibid, IV, 2.

人们的恶行都刻在金石上,
可是书写美德我们却是用水。
—同上,四幕二场

伍尔西曾是国王的宠臣,但他反对国王和安·波琳结婚,国王又发现了他的野心,就罢了他的官,并且要审问他。他是重犯,罪大恶极,在去受审的路上病倒。被国王废掉的王后凯瑟琳的侍臣格里菲斯说他:

一路上走得很慢,
最后来到莱斯特,
住在当地的寺院里,
可敬的住持带领众僧恭敬地接待他,
他对寺院住持说了这样一番言语,
"啊,神父,

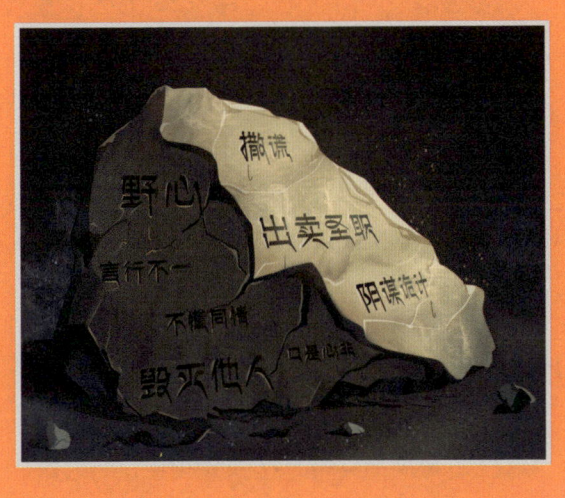

一个被政治风暴摧残的老人,

今天要在这里把疲惫的骨头安息,

请你们发发慈悲给他一小块土地!"

说完他就去睡觉,

可病痛不停地折磨他,

过了三夜,

八点钟左右,

他预言了自己的结局。

他满怀悔恨之情,

不断地沉思,

不断地悲伤流泪,

他把他所有的荣誉交还给人间,

把他的灵魂交给上天,

在平静中沉睡!

废后凯瑟琳说:

愿他的过错不打扰他沉睡!

请让我再说几句,

而且是出于仁慈。

他的野心没有止境,

把自己和帝王并列,

而且总用阴谋诡计把王国统治,

出卖圣职对他来说就是公平的买卖,

而他自己的意见就是他的法律。

在国王面前他敢当众撒谎,

他总是口是心非,

言行不一。

他从来不知道什么是同情别人,

只有在毁掉别人的时候,

才流露出怜悯之意。

在声势煊赫时,

他常是一诺千金,

但行动却像他现在一样不值一提,

他把自己搞得病体衰弱,

给圣职人员留下个恶劣先例。

格里菲斯说:

人们的恶行都刻在金石上,

可是书写美德我们却是用水。

61

Men that make
Envy and crooked malice nourishment
Dare bite the best.
　　—Ibid, V, 3

嫉妒和恶意培养出的人，
敢把最好的人也咬下一块皮。
　　—同上，五幕三场

亨利国王信任一位大臣克兰默，众多大臣不服，千方百计找他的茬，给他罗织罪名，要审判克兰默，甚至要把他关进监牢。国王知道他们的打算，就给了克兰默一枚戒指，让他在紧急的时刻拿出来。在审判的法庭上，克兰默发表意见：

在我生命的整个过程中，
在我任职的全部时间里，
我一直力求使我的学说，
同我担当的重任目标一致。

互相协调,

而且进行了不少努力,

目的就是为了多做好事。

没有任何人,

各位大人,

我坦诚地说,

不要有任何顾虑。

比我更憎恨,

比我更积极,

反对那些破坏社会和平的人,

无论在内心深处,

还是论社会地位,

我乞求上天,

国王永远不要用一个不如我忠心的人!

嫉妒和恶意培养出的人,

敢把最好的人也咬下一块皮。

我恳求各位大人,

为了案件的公正,

不管控告我的那些人是谁,

让他当面对我进行控诉。

这些大臣还喋喋不休，克兰默只好亮出国王的戒指。大臣们慌了，一位说：

在一开始的时候，

我就告诉你们这是危险的推石头游戏，

这石头会砸向我们自己。

另一位说：

诸位大人，

你们认为国王会让这个人的一根小指头受到委屈？

最后一位说：

我的心告诉过我，

想在这个人身上吹毛求疵，

你们是引火烧身，

因为只有魔鬼及其门徒才对他妒忌，

现在你们可得当心自己！

《理查三世》

Wrong hath but wrong,
and blame the due of blame.
— Richard III

理查三世是爱德华四世的弟弟，他天生跛足、相貌丑陋，因此心怀嫉妒与怨恨。为了登上王位，他不择手段地展开一系列阴谋。爱德华四世在位时，理查表面上忠诚，背地里却在暗中谋划。爱德华四世去世后，理查将爱德华四世的两个儿子——年幼的王子囚禁在伦敦塔中，并派人秘密杀害，以此清除王位继承的障碍。接着，他通过一系列欺骗和胁迫手段，操纵议会，让自己加冕为王。然而，理查三世的统治充满了血腥和暴力，他的恶行引起了许多人的不满和反抗。最终，理查三世在战场上被杀，他的王冠滚落一旁，被亨利拾起。亨利随后登上王位，成为亨利七世，结束了约克家族的统治，开启了都铎王朝的时代，为英国带来了新的和平与稳定。

62

Wrong hath but wrong,
and blame the due of blame.
—*Richard III*, V, 1

害人害己,罪过还要罪过来补偿。
——《理查三世》,五幕一场

理查三世是个阴谋家,他耍弄阴谋诡计,害死哥哥和侄儿,登上王位。在他的羽翼未丰的时候,联络势力较强的白金汉公爵,答应他如果自己当了国王,就给他更多的领地。但是在如愿以偿之后,他却不肯兑现承诺。白金汉一气之下,就起兵反对理查,结果兵败被捉,绑赴刑场。在刑场上,他得知这一天正是万灵节,便感慨地说:

爱德华在位的时候我曾经发誓,

如果我对他孩子和王后党羽心怀奸诈,

就让这一天成为我的末日,

还发誓让我死在我最信任的人刀下,

他表面对我忠实心里另有谋划。
对我战战兢兢的灵魂来说,
这个万灵节,
是我恶贯满盈之日,
过不去的关卡,
我想要欺骗的高高在上的青天,
把我虚假的立誓向我头上落下,
认真地让我实践了开玩笑的话。
她把坏人们的剑锋,
倒转过来向他们自己的胸膛直插。
玛格丽特的诅咒沉重地落在我脖子上,
她说过,
总有一天,
他会让你心痛欲裂,
你会说玛格丽特是先知。
正应了她的话。
带我去吧,
弟兄们,
带我去到刑场,

> 害人害己,
> 罪过还要罪过来补偿。

玛格丽特是亨利六世的遗孀,在本剧第一幕里,她对白金汉发出诅咒:

> 啊,白金汉,当心那边那条恶狗,
> 讨好你的时候,他会咬人,一旦咬人
> 它的毒牙会使你伤口溃烂,致人死亡。
> 留心他吧,别和他来往,
> 罪恶、死亡和地狱都在他身上留下印记,
> 它们大大小小的爪牙都在为他奔忙。
> ……
> 怎么,我好心劝告,你竟然不屑一顾?
> 我劝你远离那个魔鬼,你却为他捧场?
> 啊,你记住吧,终会有那么一天,
> 他会让你心痛欲裂,那时候你会说,
> 可怜的玛格丽特是先知,料事不爽!
> 你们每个人都是他憎恨的目标,
> 你们恨他,你们也都是上帝憎恨的对象。

白金汉说：

听到她的诅咒，我简直毛发直竖。

这个白金汉和《亨利八世》里的白金汉不是同一个人。白金汉是英格兰的一个郡，国王把这个郡赏赐给王族或大臣，这个人就成为白金汉公爵。类似的还有肯特公爵、葛罗斯特公爵、约克公爵等等。本剧的发生时间为1483年，而亨利八世在位的时间为1509年到1547年。

另外，玛格丽特在同约克派战斗失败以后，就一直住在法国，而且死于1482年。她不可能出现在本剧的时间段。这是莎士比亚编剧的需要，不是真有其事。

《雅典的泰门》

《雅典的泰门》是莎士比亚的名剧之一，马克思曾在著作中大段引用此剧的台词，控诉资本的罪恶。

泰门生性豪爽，乐善好施，经常在家中举办盛大宴会，慷慨地周济朋友、资助穷人。他的财富和慷慨使他在雅典备受尊敬和爱戴，身边围绕着一群阿谀奉承的朋友，包括贵族、诗人、画师等。然而，泰门对人性的美好过于深信不疑，他不懂得分辨这些人的真心与假意，只是一味地挥霍钱财，满足他人的各种请求。

渐渐地，泰门的财富被消耗殆尽，他陷入了债务危机。当他向那些曾经受他恩惠的朋友求助时，却遭到了无情的拒绝和冷漠对待。曾经对他笑脸相迎的人纷纷避而不见，或找各种借口推脱。泰门从云端跌入谷底，尝尽了世态炎凉，也看清了人性的丑恶和虚伪。绝望之下，泰门离开了雅典，隐居到海边的一个洞穴中。在那里，他偶然发现了一堆黄金，但此时的他已对财富和人类彻底绝望。他不再用黄金去帮助他人，而是用它来诅咒人类，希望黄金能给人类带来更多的灾难和痛苦。最终，泰门在孤独和怨恨中死去。

63

Mean eyes have seen
The foot above the head.
—*Timon of Athens*, 1, 1

连小人物也看得出来，
人在山顶，随时都会倒栽下去。
——《雅典的泰门》，一幕一场

泰门是雅典的富豪，生性豪爽，急公好义，挥金如土，常常大张盛宴，招待三教九流，许多商人，名流，甚至官员也来参加。有一次，一位诗人和一位画家来参加泰门的宴会，在等待泰门接见的时候，两人大发议论。诗人说：

> 我曾经有过这样一个幻想，
> 命运女神坐在巍峨高山上的宝座，
> 山脚下芸芸众生辛劳不已，
> 为名为利。
> 他们的眼睛盯着主宰一切的女神，
> 我假设泰门先生就是其中一位。

女神挥着象牙般的玉手召他到跟前,

他得到恩宠,

他的敌手都变成了奴隶。

画家说:

这真是巧妙的比喻。

我想这女神,

这宝座,

这高山,

山下只有一个人得到女神的赏识,

他低头弯腰爬上陡峭的山路去追求幸福,

这和我们这里的情形相似。

诗人说:

不对,

先生,

请听我说下去。

那些不久前还和他身份相同的人,

有些甚至还要超过他的地位,

立刻就跟在他的身后,

在他家的门厅挤来挤去,
在他耳朵里灌满祷告一样的低声细语。
　　甚至愿意为他牵马坠镫,
　　好象靠了他才得以自由呼吸。
　　当命运女神改变了心肠,
　　　一脚踢开她的宠儿之时,
　　那些依附于他,想爬上山顶的家伙,
　　本来匍匐在他身后四脚着地,
　　　现在却一任他滚下山坡,
　　　没有一个人肯陪他掉到山底。

画家说:

　　　　这太平常了。
　　我可以画出一千幅警世的图画,
　　比文字更生动地展示出命运的打击。
　　但是你不妨提醒泰门这位贵人,
　　　因为连小人物也看得出来,
　　　　人在山顶,
　　　　　随时都会倒栽下去。

64

Wrath is a brief madness.
—Ibid, I, 2

愤怒是短暂的疯狂。
—同上,一幕二场

还有一次,泰门请来很多人士,有一位哲学家阿皮曼图斯来了,他和其他人不同,从来不奉承泰门,泰门看见他,就说:

> 你真是乖僻,
> 你的脾气,
> 难以同别人相处,
> 真该治你一治。
> 诸位,
> 人家说,
> 愤怒是短暂的疯狂,
> 但是这个人却总是生气。

　　　　去,

　给他自己设一张桌子,

　他不喜欢有人陪他,

他也不适合同别人在一起。

阿皮曼图斯说:

　　让我留下,

　你可是有些冒险,

　我来是为了观察。

65

O that men's ears should be
To counsel deaf, but not to flattery!
—Ibid, I, 2

人的耳朵啊,好话总是听不进去,
只能听进那些奉承谄媚的言语。
——同上,一幕二场

泰门大宴宾客,还向来的客人赠送厚礼。哲学家阿皮曼图斯劝他,泰门不但不听,还想给阿皮曼图斯送礼,阿皮曼图斯说:

> 不,我什么也不要,
> 因为如果我也受你贿赂,
> 就没有人骂你了,
> 你一作起孽来,
> 就会更快。
> 你这样送礼已经很久了,
> 我恐怕不久你就会立字据卖你自己。

这些宴会,
摆阔和奢华有什么用处?

泰门说:

不,一旦你反对我的社交活动,
我就发誓不再理你了。
再见,
下次来的时候,
带一些好话来。

阿皮曼图斯说:

好,现在不听我的话,
将来你也不会听到,
我要把天堂的门锁起来,
让它同你隔离。
人的耳朵啊,
好话总是听不进去,
只能听进那些奉承谄媚的言语。

66

For there is boundless theft
In limited professions.
—Ibid, IV, 3

很多有体面职业的人都是江洋大盗。
——同上,四幕三场

由于过分消耗钱财,泰门终于破产。那些他所谓的朋友,受过他恩惠的人,他资助过的人,都远远离开他。他变得愤世嫉俗,独自跑到野外,过艰苦的生活。有一次他在土里刨出来一些金块。大家听说后,又来向他要金子。几个小偷也来偷他的金子,被泰门发现,泰门跟他们说:

> 不过我还是要感谢你们。
> 因为你们承认是小偷,
> 并没有把庄严的面具佩戴。
> 很多有体面职业的人都是江洋大盗。
> 你们这些下贱的小偷,

给你们金子,

去喝葡萄酒吧,

烧得你们血液沸腾,

免得你们到绞刑架上去乱蹦乱跳。

《罗密欧与朱丽叶》

故事发生在意大利维罗纳城，蒙太古家族和凯普莱特家族是城中的两大家族，世代为仇。罗密欧是蒙太古家的儿子，他生性浪漫，热爱诗歌。朱丽叶是凯普莱特家的女儿，美丽且纯真，即将被许配给贵族帕里斯。在一次凯普莱特家举办的舞会上，罗密欧与朱丽叶相遇并一见钟情，他们并不知道彼此来自敌对家族。后来，两人得知真相，但爱情的力量让他们无法自拔。在劳伦斯神父的帮助下，他们秘密举行了婚礼。然而，命运弄人。罗密欧的朋友茂丘西奥与朱丽叶的堂兄提伯尔特发生冲突，提伯尔特杀死了茂丘西奥。罗密欧为友报仇，杀死了提伯尔特，因此被驱逐出城。朱丽叶的父亲却不顾她的意愿，执意要将她嫁给帕里斯。朱丽叶为了不背叛罗密欧，在劳伦斯神父的建议下，喝下了一种能让人假死的药水，以此逃避婚礼。神父本打算派人通知罗密欧回来接朱丽叶，但消息未能及时送达。罗密欧听闻朱丽叶死讯，悲痛欲绝，他买了毒药回到维罗纳，在朱丽叶的墓前服下毒药自尽。朱丽叶醒来后，看到罗密欧已死，悲痛万分，她用罗密欧的匕首自刎殉情。最终，两个家族因这对恋人的死而悔悟，结束了世代纷争。但罗密欧与朱丽叶的爱情悲剧，却成为了永恒的传说，令人叹息。

67

Did you ne'er hear say,
Two may keep counsel, putting one away?
—*Romeo and Juliet*, II, 4

难道你没听人说起，

两个人能守秘密，三个人就没有秘密？

——《罗密欧与朱丽叶》，二幕四场

朱丽叶派乳母来见罗密欧，罗密欧让她告诉朱丽叶，下午到劳伦斯长老的寺院办婚事，晚上再和她幽会。乳母答应办到。临走时她问罗密欧，他的仆人可靠不可靠，因为：

难道你没听人说起，

两个人能守秘密，

三个人就没有秘密？

罗密欧告诉她，他的仆人绝对可靠。

《埃及女王情史》

Antony and Cleopatra

此剧曾音译为《安东尼与克利奥帕特拉》。

安东尼是罗马的三大首领之一,他沉迷于埃及女王克利奥帕特拉的美色,终日在埃及厮混,不理国家大事。然而,罗马面临着诸多危机,如塞克斯特斯·庞贝的叛乱、海盗入侵以及东方帕提亚人的入侵,同时安东尼妻子向恺撒挑战失败而死的消息传来,让他重新回到罗马,为祖国效力。回到罗马后,安东尼为了政治利益与屋大维和好,并娶其妹以巩固关系,这让克利奥帕特拉又伤心又愤怒。后来,庞贝被杀,莱皮德斯被废黜,安东尼和屋大维最终两虎对峙。在海上对战中,安东尼因跟随埃及女王逃跑而战败。回到埃及后,安东尼误以为克利奥帕特拉背叛了自己,在绝望中自刎。克利奥帕特拉得知后,看清屋大维的真面目,为了不沦为罗马人的囚犯,她让仆人带来毒蛇,放在自己胸口,自杀身亡。最后,屋大维下令将安东尼和克利奥帕特拉合葬,埃及也成为罗马的一个行省"。

68

The nature of bad news infects the teller.
—*Antony and Cleopatra*, 1, 2

坏消息让报告消息的人也成了坏人。
—《埃及女王情史》,一幕二场

罗马帝国执政者之一安东尼,在埃及和埃及女王朝夕相处。罗马来的使节带来坏消息,说他的妻子和他弟弟合兵一处抵抗恺撒的攻掠,结果恺撒取得胜利。安东尼问还有什么坏消息,使者说:

坏消息让报告消息的人也成了坏人。

但安东尼说:"只有傻瓜和懦夫才会那样说。"

The loyalty well held to fools does make
Our faith mere folly. Yet he that can endure
To follow with allegiance a fall'n lord
Does conquer him that did his master conquer,
And earns a place i' th' story.
—Ibid, III, 13

对愚蠢的人效忠，
会把我们的忠心都变得愚蠢；
可追随失势的人，
对他表现出忠诚，
就是战胜了打倒他的主人的人，
这样的人值得在青史上留名。
——同上，三幕十三场

屋大维率领大军攻打埃及，安东尼及女王带兵御敌。在战场上，女王怯阵，掉头就往回跑。安东尼竟然也跟着她逃跑，结果大败。回宫之后，女王问安东尼的部将伊诺巴布斯，失败是谁的错。伊诺巴布斯回答：

全是安东尼的错,

他不应该让情欲支配了他的理性。

两军交战,

互相大都会害怕,

你临阵退却怎能算是毛病?

为什么他要跟着你逃跑?

儿女之情不该影响战争,

当时正是半个世界和半个世界相斗,

他正是众人瞩目的中心,

能把大局决定。

他这场失败也是他的耻辱,

竟然追随奴婢逃跑的旗帜,

使他的海军队伍口呆目瞪。

这时屋大维派来使节,让女王献出安东尼,就赦免女王。伊诺巴布斯想:

我的良心和我之间起了冲突,

对愚蠢的人效忠,

会把我们的忠心都变得愚蠢；
可追随失势的人，
对他表现出忠诚，
就是战胜了打倒他的主人的人，
这样的人值得在青史上留名。

That every like is not the same.
Julius Caesar, II, 2

《恺撒大帝》

The evil that men do lives after them,
The good is oft interred with their bones.
Julius Caesar, III, 2

Julius Caesar

此剧过去音译为《裘里斯·恺撒》。

罗马共和国的执政官恺撒在打败庞培后，权力日益扩大，引起了部分元老的担忧，他们认为恺撒有称帝的野心，会破坏罗马的共和制度。以凯歇斯为首的一群元老，拉拢了恺撒的好友布鲁图斯，共同策划了一场阴谋，决定在元老院刺杀恺撒。恺撒在元老院遭到了众人的围攻，被乱刀刺死。恺撒死后，罗马陷入混乱。安东尼表面上与布鲁图斯等人和解，实际上却在暗中策划复仇。他在恺撒的葬礼上发表了著名的演说，成功地煽动了民众的情绪，使他们转而反对布鲁图斯等人。布鲁图斯和凯歇斯被迫逃离罗马，集结军队与安东尼和屋大维的联军对抗。最终，在菲利皮之战中，布鲁图斯和凯歇斯战败，先后自杀。罗马的共和制度也随着恺撒的死亡和内战的爆发而逐渐走向终结，罗马开始向帝国时代转变。

70

That every like is not the same.
—*Julius Caesar*, II, 2

像朋友可并不就是朋友。
—《恺撒大帝》，二幕二场

恺撒南征北战，所向无敌，不免骄傲起来。以布鲁图斯为首的贵族们，担心他会滋长独裁的倾向，决定在恺撒出席元老院会议时刺杀他。当天早晨恺撒的妻子不让他出门，说她做了噩梦，兆头不好。恺撒同意了。但是布鲁图斯等人来到他家，极力撺掇他去参加会议。于是恺撒说：

> 好朋友们，
> 进去陪我喝杯酒，
> 我们就像朋友一样结伴而行。

布鲁图斯旁白:

  像朋友可并不就是朋友,
    恺撒;
   想到这一点,
    布鲁图斯就会心痛。

71

The evil that men do lives after them,
The good is oft interred with their bones.
—Ibid, III, 2

人们做的恶事,在死后仍然留下骂名,
人们行的善举,则经常随着尸体埋葬。
——同上,三幕二场

恺撒遇刺了,人群聚集拢来,布鲁图斯发表了一通为何要让恺撒死的长篇大论之后,恺撒的追随者安东尼来了,他说:

> 我来是为了埋葬恺撒,
> 不是把他颂扬。
> 人们做的恶事,
> 在死后仍然留下骂名,
> 人们行的善举,
> 则经常随着尸体埋葬。

　　接着,他列举了恺撒的功绩,做的好事,煽动起众人的情绪,齐声讨伐布鲁图斯,要把他杀死,为恺撒报仇。

《英雄叛国》

How royal 'twas to pardon
When it was less expected

Coriolanus

《英雄叛国》过去音译为《科利奥兰纳斯》。

马歇斯出身贵族，父亲早逝，由母亲抚养长大。他战功赫赫，在围攻伏尔斯人的战役中，以一敌十，独自闯入敌城，杀出一条血路，攻占科利奥里城后获得"科利奥兰纳斯"的称号。因其功绩卓越，被推举为执政官候选人。然而，他脾气暴躁，刚愎自用，不肯向群众低头，拒绝当众展示战争伤疤以获取罗马平民的支持。两个护民官趁机暗中挑唆，激起民众义愤，他被宣布为"社会公敌"，面临着要么死、要么滚出罗马的选择。马歇斯一怒之下投奔伏尔斯人，与宿敌奥菲迪阿斯合攻罗马。他在罗马的朋友和战友都无法阻止他。最后，他的母亲前来劝说，马歇斯出于对母亲的尊重，放弃了进攻罗马的计划。但他因此得罪了奥菲迪阿斯，被奥菲迪阿斯杀害。

72

How royal 't was to pardon
When it was less expected.
—*Coriolanus*, V, 1

宽恕别人难以宽恕的事，
是一种高尚的行为。
—《英雄叛国》，五幕一场

科利奥兰纳斯是罗马的大将，曾立下赫赫战功。当人们要选举他为执政官的时候，要求他到人群中去，脱下衣服，露出他为国征战所受的伤，争取人们同情和好感。他却心高气傲，拒绝这样做。这就惹恼了群众，在一些别有用心的人的煽动下，竟然要把他处死。他气愤之极，竟投奔到敌方阵营，带领敌兵杀到罗马城外，声称要把罗马烧成灰烬。城内慌了，请他的朋友、故旧，出城去向他求情，但都空手而回。他的老上级科米纽斯说：

我提醒他，
宽恕别人难以宽恕的事，

是一种高尚的行为。

他回答,

一个国家向他惩罚的人求情,

是多么厚颜无耻。

我试图唤醒他对亲友的感情,

可他说,

他不能从一堆腐臭发霉的糠秕中,把他们拣出去。

他说为了一两颗谷粒,

而长期忍受难闻的味道,

是愚蠢的行为。

最后,在母亲、妻子和朋友们的哀求下,他还是让步,与罗马订立条件和解了。然而这却违背了敌方的意愿,导致他被处决了。

the flighty purpose never is o'ertook
Unless the deed go with it.
— *Macbeth, IV.i*

《麦克白》

Become what cheer you may:
The night is long that never finds the day.
— *Macbeth, IV.iii*

Macbeth

麦克白在为国王平叛凯旋途中，遇到三个女巫。女巫预言他将成为考特爵士和未来的君王。回国后，国王将考特爵士的头衔赐给麦克白，应验了女巫的第一个预言，这让麦克白的野心开始膨胀。在妻子的怂恿下，麦克白趁国王邓肯到城堡做客时将其杀害，国王的两个儿子逃离，麦克白夫妇登上了王位。为巩固王位，麦克白不断杀戮。他想起女巫还预言班柯的子孙会做国君，便设计杀害了班柯，但班柯之子逃脱。此后，麦克白饱受内疚和恐惧的折磨，出现幻觉和幻听，精神逐渐失常。而麦克白夫人也因内心的罪恶感发疯自杀。最终，邓肯的长子马尔康联合英格兰军队，与受迫害的贵族麦克道夫一起讨伐麦克白。麦克白曾从女巫处得知，没有一个妇人所生的人能伤害他，所以他起初并不惧怕，但麦克德夫告知他自己是剖腹产出生，并非自然分娩。麦克白虽英勇抵抗，但最终还是被麦克德夫斩首，马尔康成为苏格兰的新国王。

73

The flighty purpose never is o'ertook
Unless the deed go with it.
—*Macbeth*, IV, 1

除非你想到一件事马上去做，
否则你的意愿永远达不到目的。
——《麦克白》，四幕一场

麦克白是苏格兰的大将，多立战功。在女巫的蛊惑和妻子的撺掇下，杀死了老国王邓肯，自己登上了王位。老国王的儿子马尔康，在大臣麦克道夫等人的支持下，起兵反抗。麦克道夫成了麦克白的心腹大患。他听说麦克道夫去往英格兰求救兵，他下令对麦克道夫的家人下手。

时间啊，
你料到我会下毒手。
除非你想到一件事马上去做，
否则你的意愿永远达不到目的。
从现在起，

我心里的第一个念头,

就是我手上的第一件大事。

现在我为了让我的意图马上实现,

我要想到做到,

决不迟疑。

我要对麦克道夫的城堡进行突袭,

夺取费夫,

把他的妻子儿女

以及所有同他有血缘关系的不幸的人

全部杀死。

不要像傻瓜一样夸口,

要在这个想法冷却之前付诸实施。

74

Receive what cheer you may,
The night is long that never finds the day.
—Ibid, IV, 3

请你尽量放宽你的心怀,
黑夜再长白昼也会到来。
—同上,四幕三场

马尔康和麦克道夫到英格兰请求帮忙。英格兰国王答应了。这时,他们听到麦克道夫家被灭门的消息,马尔康劝麦克道夫节哀,麦克道夫说:

我要像个男子汉,

可我也是个人,

有情有义。

我不能不记起我的妻子儿女,

他们对我是最为珍贵。

上天竟然冷眼旁观而不帮助他们吗?

罪孽深重的麦克道夫啊,

他们都是为了你而死去!

我真是一个废物,

这不是他们的过错,

他们受到杀戮,

全是因为我有罪。

愿上天给他们安息!

马尔康说:

让这件事成为你利剑的磨石,

让仇恨化为愤怒,

别让你的心麻木,

让它充满活力。

麦克道夫回答:

啊,我的眼睛像女人一样流泪,

我的舌头还可以说出豪言壮语!

但是,

仁慈的上天啊,

缩短间隔的时间吧,

如果他能逃走,
那可真是天意!

马尔康再次鼓励他:

这才是大丈夫气概。
来吧,
咱们到国王那里去,
我们的军队已经做好准备,
什么都不缺,
只等着出发的日期。
麦克白恶贯满盈,
气数已尽,
上天让我们成为挞伐他的工具。
请你尽量放宽你的心怀,
黑夜再长白昼也会到来。

《李尔王》

King Lear

李尔王是大不列颠国王,他打算将国土分给三个女儿,条件是她们要表达对父亲的爱。大女儿和二女儿花言巧语,骗得李尔王的欢心,分得国土;小女儿诚实善良,不愿谄媚,李尔王一怒之下剥夺了她的继承权,并将她远嫁法国。失去权力后,李尔王被大女儿和二女儿抛弃,甚至被赶出家门,流落荒野。在暴风雨中,李尔王的精神逐渐崩溃,他开始反思自己的错误。此时,小女儿得知父亲的遭遇,率领法军前来救援,但不幸战败被俘,最终被绞死。李尔王在悲痛中死去。

75

Love's not love
When it is mingled with regards that stands
Aloof from th' entire point.
—*King Lear*, I, 1

掺杂了不相关的考虑，
爱便不再纯真。
——《李尔王》，一幕一场

国王李尔年迈体弱，想要退休，准备把国土分为三个等份，给他的三个女儿，自己轮流到女儿家去住，安享晚年。在朝堂上，他当众宣布他的决定，让三个女儿表态。大女儿和二女儿巧舌如簧，说得天花乱坠，哄得国王十分开心。但是三女儿说，她只会像应该的那样孝顺父亲。这惹恼了李尔，他把她的那一份土地，一分为二，全给了她的两个姐姐。当时正好有两个人向三女儿求婚，一位是法国国王，一位是勃艮第公爵。勃艮第听到这个决定之后，打了退堂鼓，而法国国王则表现不同。他认为这位三女儿：

> 只是生性迟缓不肯有话就说,
> 不肯把想做的事拿出来高谈阔论。
> 勃艮第公爵,
> 你对于这位小姐有什么看法?
> 掺杂了不相关的考虑,
> 爱便不再纯真。
> 你愿意要她吗?
> 她自己就是嫁妆, 无价的金银。

勃艮第不愿意, 法国国王就对三女儿说:

> 最美的考狄利亚,
> 你贫穷,
> 实际上最富有,
> 被遗弃,
> 实际上最可宝贵,
> 受轻视,
> 实际上最值得疼爱,
> 现在我把你的手和你的美德一起抓在手里,
> 这是合法的,

别人扔掉,
我捡起来。

还说：

奇怪的是,
从别人的冷淡轻蔑当中,
我却燃烧起来热烈的敬爱之情。

76

Have more than thou showest,
Speak less than thou knowest,
Lend less than thou owest,
Ride more than thou goest,
Learn more than thou trowest,
Set less than thou throwest.
—Ibid, I, 4

钱要多挣，少在人前显，
事要多知，说话要检点。
有了财产，少往外放债，
能够骑马，就比走路快。
多听意见，可别全相信，
赌钱可以，下注要谨慎。
—同上，一幕四场

李尔在两个女儿家住了一段时间之后，感觉不那么受欢迎了，手下的人也看出来。跟随他的一个小丑，借机会向他说了这番话：

你把金冠从中间分开,
把两半都送给别人,
你这就是背着驴子过泥潭。
你这光秃秃的头顶里没脑子,
才把金冠拱手送人。

还唱了一首歌:

这年头傻瓜最不受欢迎,
因为聪明人都傻得要命,
不知道聪明劲头往哪使,
只会瞎模仿别人的举动。

李尔问他什么时候学会了这么多歌,小丑回答:

老大爷,
我是在你把你的女儿们当成你妈以后,才学着练的。
因为你把棍子给了她们,又自己脱下裤子。
她们乐得眼圈含眼泪,我就愁得唱歌来陶醉,
国王办事竟然如儿戏,傻瓜队里论资又排辈。

77

A most poor man, made tame to fortune's blows,
Who, by the art of known and feeling sorrows,
Am pregnant to good pity.
—Ibid, IV, 6

一个最穷的人,甘心忍受命运的打击,
因为亲身经历了各种痛苦忧伤,
所以对别人也最能表示好心和善意。
——同上,四幕六场

李尔王的一位大臣,葛罗斯特伯爵,因为维护李尔,被国王的两个女儿百般拷打,甚至弄瞎了眼睛,还被赶到荒郊野外。他一心想死,碰巧遇见早些时候他听信谗言被赶出家门的大儿子爱德加。爱德加见他这副模样,心疼不已。他想跳悬崖,让爱德加把他领到悬崖边上。爱德加把他领到平地让他跳,他没死。爱德加说他是个幸运的老人,是神在暗中保护他。这时候他们遇见了已经发疯的李尔,葛罗斯特听出来是国王,不免十分悲痛。他激动起来:

仁慈的神啊,

请停止我的呼吸,

不要在你准许之前,

让错误的念头再引诱我去寻死!

爱德加听了说:"老人家,你祷告得好。"葛罗斯特问他是谁,爱德加回答:

一个最穷的人,

甘心忍受命运的打击,

因为亲身经历了各种痛苦忧伤,

所以对别人也能表示好心和善意。

把你的手给我,

我领你去找栖身之地。

78

O, our lives' sweetness,
That with the pain of death would hourly die
Rather than die at once.

—Ibid, V, 3

啊,我们的生命真是可贵,
我们宁愿忍受死亡的慢慢折磨,
也不愿意马上死去!

——同上,五幕三场

他们在途中遇见前来讨伐李尔两个女儿的法国军队。爱德加果断地参加了这支军队。国王二女儿的丈夫奥本尼看不惯妻子和她姐姐的作为,倒戈了。爱德加打了胜仗,奥本尼问他的来历,爱德加回答:

为了逃脱紧紧跟着我的残酷的通缉,
啊,我们的生命真是可贵,
我们宁愿忍受死亡的慢慢折磨,
也不愿意马上死去!

我只好披上疯子的衣服,
那模样连狗也会嫌弃,
在这种状态下遇见我的父亲,
他的双眼刚被挖掉,
眼眶鲜血淋漓。
我成为他的向导,
为他乞讨,
把他从绝望当中救起。
我没向他泄露我的身份,
这是个错误,
直到半小时前我穿上了军衣。
尽管心里希望,
我却不肯定自己能够取胜,
我求他祝福,
并且从头到尾讲了我们的经历。
可是,
唉,他破碎的心是太脆弱了,
忍受不了这大喜大悲的撞击,
于是面带笑容死去。

《奥赛罗》

威尼斯公国将军奥赛罗是个摩尔人,他与贵族小姐代斯德梦娜相爱并秘密成婚。旗官亚果因嫉妒奥赛罗的职位和成就,设计陷害他。亚果先让代斯德梦娜的父亲知晓女儿的婚事,企图破坏他们的婚姻,但未能得逞。随后,亚果利用奥赛罗的单纯和轻信,诬陷代斯德梦娜与他人有染,并伪造了所谓的通奸证据。奥赛罗逐渐被嫉妒蒙蔽双眼,对妻子产生怀疑。在亚果的不断挑唆下,奥赛罗最终相信了妻子的"不忠",亲手掐死了她。当他发现真相,明白代斯德梦娜是无辜的时候,为时已晚。奥赛罗悔恨不已,拔剑自刎,倒在了代斯德梦娜的身旁。亚果的阴谋虽然最终被揭露,但这场悲剧已无法挽回,奥赛罗因自己的轻信和冲动,亲手毁掉了幸福的婚姻和爱人的生命,也结束了自己的生命,令人惋惜。

79

'Tis here , but yet confused:
Knavery's plain face is never seen till used.
—*Othello*, II, 1

主意已经拿定,但还不够清楚,
计谋直到实行,才显出真面目。
—《奥赛罗》,二幕一场

奥赛罗的旗官亚果,一心想当奥赛罗的副官,但奥赛罗却选择了卡西奥,这使得亚果对这两个人充满了怨恨。他表面上对奥赛罗忠心耿耿,讨奥赛罗的喜欢,却又挑拨奥赛罗和卡西奥的关系,甚至说卡西奥同奥赛罗的新婚妻子有染。他说:

> 我至少要让这个摩尔人大起嫉妒之心,
> 任何理性也治不好这个致命祸患。
> 让那摩尔人感谢我,
> 爱我,
> 酬劳我,

使他成为一头十足的蠢驴,
听我使唤。
用这种方法扰乱他和平的心境,
主意已经拿定,
但还不够清楚,
计谋直到实行,
才显出真面目。

80

But men are men; the best sometimes forget.
—Ibid, II, 3

人总是人，有时候圣贤也会忘了自己是圣贤。
—同上，二幕三场

在卡西奥值夜班的时候，亚果怂恿他和塞浦路斯总督喝酒，两个人都喝醉了，因为小事争吵起来，甚至动手，卡西奥刺伤了总督，这时候奥赛罗来制止了他们，并且询问是怎么回事，亚果向奥赛罗汇报：

> 卡西奥破口骂人，
> 我以前没听他骂过人，
> 我很快进到屋里，
> 发现他们已战成一团。
> 你来我往正在难分难解，
> 恰好你亲自来把他们喝散。
> 我能向你报告的就是这些，

人总是人，
有时候圣贤也会忘了自己是圣贤。
虽然卡西奥的确让他受了一点小伤，
那他也是盛怒之下一时失手在所难免。

81

Every inordinate cup is unblest
and the ingredient is a devil.
—Ibid, II, 3

每一杯过量的酒都该受到诅咒,
里边装的都是魔鬼。
—同上, 二幕三场

奥赛罗解除了卡西奥的职务,卡西奥悔恨不已。亚果劝卡西奥向奥赛罗恳求。卡西奥说:

> 我去求他给我官复原职,他会说我是一个酒鬼!
> 我即使全身是嘴,
> 这一句话就会把这些嘴全都堵上。
> 这阵子还有点头脑,
> 过一会儿成了傻瓜,
> 再过一会儿就成了野兽了。
> 啊,太奇怪,
> 每一杯过量的酒都应该受到诅咒,里边装的都是魔鬼。

82

Ay, that's the way;
Dull not device by coldness and delay.
—Ibid, II, 3

对,事不宜迟,说办就要尽快去办,
计策要想成功,就不能冷淡拖延。
—同上,二幕三场

亚果的妻子艾米利亚,是奥赛罗的妻子代斯德梦娜的女伴。亚果想出了一个恶毒的计划:

> 还有两件事要办。
> 我妻子一定要在她女主人面前,替卡西奥说情,
> 我这就去推波助澜。
> 我自己则要把摩尔人引到一旁,
> 让他看见卡西奥向他妻子恳求的场面,
> 对,事不宜迟,
> 说办就要尽快去办,
> 计策要想成功,就不能冷淡拖延。

83

O, beware, my lord, of jealousy!
It is the green-eyed monster
which doth mock The meat it feeds on.
—Ibid, III, 3

你要小心嫉妒,
它是绿眼妖怪,折磨人的心肠。
—同上,三幕三场

亚果先对奥赛罗进行煽动:

> 我的将军,
>
> 无论男人还是女人,
>
> 名声都是灵魂的珠宝,
>
> 至高无上。
>
> 如果谁偷了我的钱包,
>
> 他偷了废物,
>
> 固然有点价值,
>
> 但不过是小事一桩。

钱是我的，

成了他的，

也曾给千万人用过；

但如果盗窃的是名誉，

那可大不一样。

盗窃的人未必得到好处，

可是我却受到极大损伤。

奥赛罗说："我一定要知道你的想法。"亚果接着说：

我的将军，

你要小心嫉妒，

它是绿眼的妖怪，

折磨人的心肠，

一个人如果不爱他的妻子，

即使戴了绿帽子也会心情舒畅，

但是，啊，

要是他一面怀疑，

一面痴情疼爱，

他度过的会是什么样的时光！

84

Poor, and content is rich, and rich enough.
　　—Ibid, III, 3

贫穷然而知足，就是富有，而且富有得很。
　　—同上，三幕三场

亚果进一步蛊惑：

> 贫穷然而知足，
> 就是富有，
> 而且富有得很，
> 富裕却贪得无厌，
> 那就穷得像冬天一样。
> 因为他总怕有一天会穷得精光。
> 老天爷，
> 保佑我们这种人吧，
> 不要遭受嫉妒的损伤！

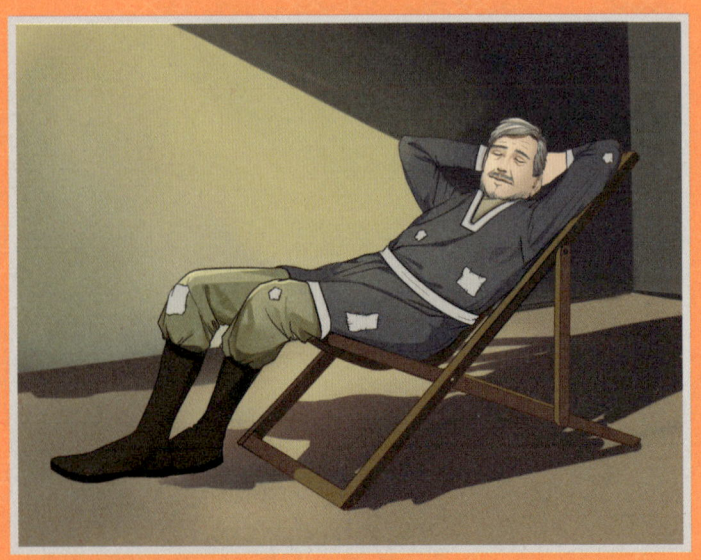

85

Trifles light as air
Are to the jealous confirmations strong
As proofs of holy writ.
—Ibid, III, 3

在嫉妒的人看来，空气一样轻的小事，
也会成为铁证，像写在圣经上一样。
— 同上，三幕三场

亚果把奥赛罗说得迷迷糊糊，他进一步制造证据。碰巧代斯德蒙娜把手帕掉在地上，被亚果的妻子拾到。亚果如获至宝。他对爱米利亚说：

别说手帕让你拿走了，
我自有用它的地方。
……
我把这手帕扔到卡西奥房里，
让他拣到，也许这可以引起大祸一场。
在嫉妒的人看来，

空气一样轻的小事,
也会成为铁证,
像写在圣经上一样。
那摩尔人已经中了我的毒,
发生了变化,
危险的想法本质上就是毒药砒霜,
虽然在开始的时候不觉得苦口,
但是在血液里稍微流动,
就会燃烧起来,
像一座硫磺矿。

86

Nay, guiltiness will speak ,
Though tongues were out of use.
——Ibid, V, 1

罪恶自己会说话，
即使不用舌头说话，把牙关紧闭。
——同上，五幕一场

亚果指使人偷袭卡西奥，把他刺伤了。卡西奥的女友比安卡来看卡西奥。亚果要把祸事推给比安卡，当着众人的面，逼问比安卡：

> 你的脸色苍白吗，
> 小姐？
> 你们可曾看见她眼神惊慌，
> 心里发虚？
> 如果你们仔细看她，
> 就会知道更多，
> 好好看看她，

我求你们把她看个仔细,
你们看见了吗,
先生们?
罪恶自己会说话,
即使不用舌头说话,
把牙关紧闭。

Happy in that we are not over-happy.
Hamlet, II. 2

For there is nothing either good
or bad but thinking makes it so.
Hamlet, II. 2

To be or not to be, that is the question.

Conceit in weakest bodies strongest works.
Hamlet, III. 4

《哈姆莱特》

That monster, custom, who all sense doth eat
Of habits evil, is angel yet in this,
That to the use of actions fair and good.
Hamlet, III. 4

So full of artless jealousy is guilt,
It spills itself in fearing to be spilt.
Hamlet, IV. 5

Without the which (judgement)
we are pictures or mere beasts.
Hamlet, IV. 5

Hamlet

丹麦王子哈姆莱特在德国威登堡大学求学时，突然接到父亲的死讯，回国后又目睹母亲迅速改嫁给他的叔父，而他正是丹麦新王。哈姆莱特对父亲的死和母亲的改嫁充满疑惑与不满。后来，父亲的鬼魂出现，告诉哈姆莱特自己是被叔父毒死的，要求他为自己报仇。哈姆莱特决心复仇，但为了不引起怀疑，他开始装疯卖傻。在复仇过程中，哈姆莱特误杀了恋人的父亲，导致恋人发疯落水溺亡。恋人的哥哥为父妹报仇，与叔父合谋，设计让哈姆莱特与自己比剑，并在剑上涂毒，还准备了毒酒，最终尽数死于非命。

Happy in that we are not overhappy.
—*Hamlet*, II, 2

我们快乐因为我们不追求过分快乐。
—《哈姆莱特》，二幕二场

丹麦的老国王被他的弟弟害死，这位弟弟杀死哥哥，霸占嫂嫂，自己登上王座。老国王的儿子哈姆莱特，本来在国外学习，听到凶信，回到国内，发现父亲的去世存在很多疑团。他装疯卖傻，想找到真相。现在的国王，他的叔叔，觉得他的发疯不合情理，就找来哈姆莱特的朋友罗森克兰兹和吉尔登斯坦，让他们接近哈姆莱特，探听内情。哈姆莱特问他们好，他们回答说好。

我们快乐因为我们不追求过分快乐。
我们不是命运女神帽子上的纽扣。

哈姆莱特问他们:

> 不是有人请你们来的吧?
>
> 是自己的意思吗?
>
> 是毫不勉强的访问吗?
>
> 来吧,
>
> 跟我说实话。
>
> 你们是被人请来的。
>
> 你们这种神情已经承认了,
>
> 你们的良心还没有泯灭到善于掩饰的地步。

For there is nothing either good
or bad but thinking makes it so.
—Ibid, II , 2

事物本无所谓好坏,
只是个人的想法不同而已。
—同上,二幕二场

哈姆莱特又问他们:

> 你们什么事犯在命运女神手上,
> 她把你们送到这所监狱里来?

他们说,这不是监狱。哈姆莱特说:

> 丹麦是一所监狱。

二人说:"那么世界也是一座喽。"哈姆莱特说:

> 很大的一座,

> 里面有许许多多牢房,
> 单间囚室和地牢。
> 丹麦是最坏的一座。

二人说,他们不这样认为。哈姆莱特说:

> 那么对你们来说,
> 它就不是监狱。
> 事物无所谓好坏,
> 只是个人的想法不同而已。

89

To be or not to be, that is the question.
—Ibid, III, 1

生存还是毁灭，就是这样一个问题。
—同上，三幕一场

叔父的野心和残忍，母亲的软弱和顺从，大臣们的见风转舵，朋友的背叛，使哈姆莱特认真考虑起人生的大事——生死问题。

生存还是毁灭，
就是这样一个问题。
究竟怎样才算是心灵高贵：
是忍受暴虐命运的矢石交加，
还是面对无边的烦恼拿起武器，
结束它们，
和它们对立？

死了,

睡着了,

如此而已。

如果睡眠能结束我们心头的苦痛,

和我们血肉之躯注定要承受的千万个打击,

那正是我们虔诚以求的良好结局。

死了,

睡着了。

睡着了也许要做梦,

唉,麻烦就在这里。

因为我们离开了尘世的纷扰之后,
究竟会做什么梦,
我们不能不考虑,
人之所以能长期忍受苦难,
正是因为我们有这样一种动机。
谁愿意忍受人世的鞭打和嘲笑,
压迫者的横暴,
傲慢者的无礼,
受到轻蔑的爱情的痛苦,
法律的延宕,
官吏的粗野,
君子要受小人的气,
如果只用一把小小的刀子,
就能把这些事情清算彻底?
谁愿意背着沉重的负担,
过令人厌倦的生活,
呻吟劳累,
如果不是害怕死亡,
那个未被发现的国土,

从来不曾有旅行者从那里回归,
　会使我们心神迷惑意志动摇,
　让我们宁可忍受眼前的灾祸,
而不愿意飞到那个未知的领域?
重重思绪使我们全都变成了懦夫,
决断的本性蒙上一层灰色的思虑,
惊天动地的伟业也会由于这种原因,
　　中途转向,
　　从而失去了行动的意义。

90

Conceit in weakest bodies strongest works.
—Ibid, III, 4

在最弱的身体里，幻想的作用也最强劲。
—同上，三幕四场

哈姆莱特和母亲单独见面，严厉地斥责她的所作所为。王后悔恨交加：

> 啊，哈姆莱特，
> 别再说下去！
> 你把我的眼睛转向了我的灵魂，
> 在那里我看到了黑色的污点，
> 都是一些洗刷不掉的斑痕。

这时，哈姆莱特突然产生了幻觉，他看见了父亲的鬼魂，他对父亲说：

> 莫不是来谴责儿子做事缓慢，

让时间慢慢流逝,
让热情消耗殆尽,
丧失了大好时机,
耽搁了你的严厉命令?

鬼魂说:

你不要忘记,
我这次到这里来,
是为了磨砺你几乎钝下去的决心。
但是你看,
你母亲坐在那里惊恐万状,
快去安慰她正在激烈斗争的灵魂!
在最弱的身体里,
幻想的作用也最强劲。

91

Lay not that flattering unction to your soul
That not your trespass but my madness speaks.
It will but skin and film the ulcerous place,
Whilst rank corruption, mining all within,
Infects unseen.
—Ibid, III, 4

不要把安慰自己的膏药涂在灵魂上，
认为你没有罪，只是我的疯话荒谬绝伦。
它只会在溃烂的地方长上一层薄皮，
内部腐败感染，看不见的危害遍及全身。
——同上，三幕四场

王后说，哈姆莱特看见鬼魂只是头脑里虚构的景象，人在精神恍惚的时候，最容易真幻不分。哈姆莱特说：

精神恍惚？
我的脉搏同你一样正常跳动，
像健康的音乐，节奏和缓、平稳。

我说的完全不是疯话，你可以试验，
我能把说过的话逐字逐句背诵一轮，
　　疯子不会有这样聪敏。
　　看在上帝份上，
母亲，不要把安慰的膏药涂在灵魂上
　　认为你没有罪，
　　只是我的疯话荒谬绝伦。
它只会在溃烂的地方长上一层薄皮，
　　内部腐烂感染，
　　看不见的危害遍及全身。
向上天认罪吧，对过去表示忏悔，
　　在未来的时日要警惕小心，
　　　不要给杂草施肥，
　　　　使它更加茂盛。
请原谅我这一番出自善意的由衷谈话，
　　因为这个时代重利轻义，道德沉沦。
　　善意本身要向罪恶乞求宽恕，
为了它好，还要向它屈膝请求恩准。

92

That monster, custom, who all sense doth eat
Of habits evil, is angel yet in this,
That to the use of actions fair and good.
—Ibid, III, 4

习惯这个怪物，虽然总是引人作恶，
会吞吃掉我们所有的羞耻之心，
但有时候它也是引人向上的天使，
对那些好的行为，它也准备充分。
—同上，三幕四场

王后说，你把我的心撕成两半了。哈姆莱特说：

> 那就扔掉更坏的一半吧，
> 让另一半心过的生活更为纯真。
> 晚安吧。
> 但是不要上我叔父的床；
> 作出点贞洁的姿态，
> 即使你没有这种人品。

习惯这个怪物,
虽然总是引人作恶,
会吞吃掉我们所有的羞耻之心,
但有时候它也是引人向上的天使,
对那些好的行为,
它也准备充分,
给一些像样的衣服,
让他们穿上身。

So full of artless jealousy is guilt
It spills itself in fearing to be spilt.
—Ibid, IV, 5

罪人的内心总是充满了猜忌,
越害怕泄露越是要泄露出去。
—同上,四幕五场

被哈姆莱特误杀的大臣波龙纽斯的女儿奥菲利亚发疯了。她坚持要见王后,王后让她进来,然后自言自语:

> 我有罪的灵魂就像真正的罪人,
> 每件小事都像是要有大祸降临。
> 罪人的内心总是充满了猜忌,
> 越害怕泄露越是要泄露出去。

94

Without the which (judgement)
we are pictures or mere beasts.
——Ibid, IV, 5

没有理性我们只不过是画上的人物，
或者就像是无知无识的禽兽一般。
——同上，四幕五场

一系列事件使国王焦头烂额，奥菲利亚发疯更是火上浇油。他对王后说：

> 民众为了波龙纽斯的死而纷纷议论，
> 　　他们胡猜乱想，
> 　　心态不稳，惶惑不安，
> 　　也怪我草率行事，
> 　　急急忙忙把他秘密安葬；
> 可怜的奥菲利亚又丧失理智变得疯癫。
> 　没有理性我们只不过是画上的人物，
> 　　或者像是无知无识的禽兽一般。

95

An hour of quiet shortly shall we see;
Till then in patience our proceeding be.
—Ibid, V, 1

安静的时刻马上就会到来，
在此前我们必须耐心等待。
——同上，五幕一场

奥菲利亚的哥哥里厄提斯回国了，国王挑唆他和哈姆莱特比武，从而害死哈姆莱特。比武前夕，他对里厄提斯说：

> 你先忍一忍，
> 记住我们昨晚的谈话，
> 我们即刻就要做我们的文章。
> 安静的时刻马上就会到来，
> 在此前我们必须耐心等待。

96

Thus has he, and many more of the same bevy that I know the drossy age dotes on—only got the tune of the time and, outward habit of encounter, a kind of yeasty conllection, which carries them through and through the most fanned and winnowed opinions; and do but blow them to their trial, the bubbles are out.
—Ibid, V, 2

他就是这样——我还知道很多这类的人,被堕落的时代给宠坏了——只学会了油嘴滑舌和繁文缛节,那是一种泡沫一般的言辞,竟然能够同具有真知灼见的人士平起平坐,可是只要一检验,他们的泡沫便会烟消云散。
—同上,五幕二场

一位年轻的朝臣奥斯利克,来传达国王的意思,要哈姆莱特和里厄提斯比武,在说了一通废话空话之后离开了。哈姆莱特和好朋友霍莱修评论这位朝臣:

他就是这样——

我还知道很多这类的人被堕落的时代宠坏了——
只学会了油嘴滑舌和繁文缛节,
那是一种泡沫一般的言辞,
竟然使他们能够同具有真知灼见的人士平起平坐,
可是只要一检验,
他们的泡沫便会烟消云散。

97

If it be now, 'tis not to come;
if it be not to come, it will be now;
if it be not
now, yet it will come;
the readiness is all.
　　—Ibid, V, 2

该是现在，就不会是将来，
不在将来，必定是现在，
不该是现在，那就一定是在将来，
随时准备好就是。
　　—同上，五幕二场

霍莱修觉得这里面有阴谋，劝哈姆莱特不要去，他对哈姆莱特说，他去挡一下，就说哈姆莱特不舒服。

哈姆莱特说：

不，
我们不相信什么预兆。

一只麻雀掉下来,
那是天意。
该是现在就不会是将来,
不在将来,
必定是现在;
不该是现在,
那就一定是在将来。
随时准备好就是。
既然人在死的时候不知道会留下一些什么,
早死又有什么关系?
随他去吧。

Extremity of griefs would make men mad.
—*Andronicus* III.i

《柱国奇冤》

For when no friends are by, men praise themselves.
—*Andronicus* V.iii

Andronikus

此剧过去音译为《泰特斯·安德洛尼克斯》。

泰特斯征讨哥特人得胜归来,将哥特女王塔莫拉母子四人当作人质带回罗马。为祭奠阵亡的儿子,他不顾塔莫拉的哀求,残忍地杀死了她的大儿子,由此结下仇怨。泰特斯放弃皇权,支持萨图尼努斯称帝,萨图尼努斯却娶了塔莫拉为皇后,塔莫拉开始挑唆皇帝仇恨泰特斯。她杀死皇帝的弟弟,嫁祸给泰特斯的两个儿子,导致二人被处死。塔莫拉的儿子还将泰特斯的女儿拉维尼亚轮奸,并砍掉她的双臂、割掉她的舌头。泰特斯也受愚弄,砍掉自己的一只手。泰特斯决意复仇,他装疯卖傻,实施复仇计划。他先是将塔莫拉的两个儿子杀死,把他们的骨头磨成粉,做成面饼拿给塔莫拉吃。在宴会上,泰特斯亲手杀死女儿,让她免受痛苦,接着又杀死塔莫拉。随后,皇帝杀死泰特斯,泰特斯的儿子路歇斯杀死皇帝。最后,路歇斯在众人支持下成为罗马皇帝,为这场血腥的悲剧画上句号。

98

Extremity of griefs would make men mad.
—*Andronikus*, IV, 1

过分悲伤会叫人把理智丧失。
—《柱国奇冤》，四幕一场

泰特斯是罗马的大将，立下许多赫赫战功。这次他征战哥特人凯旋，还把敌人的王后塔莫拉作为俘虏抓了回来。在举国欢腾之际，新上任的国王萨图尼努斯看中了塔莫拉，立她做了王后。这位王后和她的两个儿子，一心要报仇，便设计杀死了国王的两个弟弟，又千方百计撺掇国王迫害泰特斯。他们害死了泰特斯的两个儿子，把他最后一个儿子路西乌斯放逐出国，甚至想花招使泰特斯砍掉了自己的一只臂膀。泰特斯顾全大局，都忍让了。王后的两个儿子，竟然强奸了泰特斯的女儿拉维尼亚，还砍掉了她的两只手臂，割下她的舌头，让她既不能说话，又不能写字，泰特斯无法知晓谁是凶手。一天，泰特斯的孙子在看书。拉维尼亚看见了这本书，就追着要看。幼童跑到爷爷跟前，泰

特斯问他,姑姑为什么追他,幼童说:

爷爷,
我不知道,
我也猜不出来,
除非她是发了疯,
才这样固执。
因为我常听爷爷说,
过分悲伤会叫人把理智丧失。
我在书上也读到过,
特洛伊的赫卡柏也曾经发疯,
全由悲伤引起。

赫卡柏,是神话故事特洛伊战争中的特洛伊王后。

99

For when no friends are by,
men praise themselves.
——Ibid, V, 3

没有朋友在旁边，
人们总是夸耀自己。
——同上，五幕三场

拉维尼亚要过这本书，用残肢和脚把书翻到一页，原来这个地方讲的就是一个女人遭强暴的内容，她又用嘴叼着笔，写出了两个凶手的名字。泰特斯如梦方醒，就着手复仇。他先用计杀死了塔莫拉的两个儿子，又请国王和王后吃饭，席中杀死塔莫拉，但他被国王杀死。这时候被放逐的路西乌斯率领大军杀进罗马，除掉了国王。在民众的集会上，他说：

> 高贵的听众，
> 我要让你们知道，
> 契龙和那该死的第米特刘斯，

他们是杀害皇帝的兄弟的凶手,
也正是他们强奸了我的妹妹,
为了他们的暴行,
我两个弟弟被砍掉头颅。
我父亲流泪恳求,
他们轻蔑地置之不理,
他们还用花招骗去了他一只手,
那手曾为罗马奋战到底,
并把他的敌人赶进了坟地。
最后,
我自己也被无情地放逐,
罗马的城门对我关上,
我只好转过身去,
满脸热泪向罗马的敌人呼吁,
他们看见我真诚的眼泪受到感动,
把我当成朋友拥抱,
把前嫌全都摒弃。
你们要知道,
我是被罗马放逐的人,

　　　　我曾经洒过热血，

　　　　　为了她的安危，

　　　挡开过敌人刺向她前胸的剑锋，

　　　用我那冒着生命危险的身体。

　　啊，你们知道我不是自吹自擂的人，

　　　　　我的伤疤会为我证明，

　　　　　尽管它们不会言语。

　　　　我所说的没有半点虚假，

　　　　　　全是真实。

　　　　　　且慢且慢，

　　　　　我想我离题太远了，

　　　竟这样宣扬我毫不足道的功绩。

　　　　　啊，原谅我吧，

　　　　　没有朋友在旁边，

　　　　　人们总是夸耀自己。

最后，民众拥戴他当了国王。

图书在版编目（CIP）数据

莎士比亚名言选粹及解析 / 鲁艾薇编. -- 北京：
五洲传播出版社, 2025.6. -- ISBN 978-7-5085-5368-9

Ⅰ.I561.073

中国国家版本馆CIP数据核字第2025WY8332号

莎士比亚名言选粹及解析

出 版 人：关　宏
编　　选：鲁艾薇
翻　　译：守　正
插　　画：颜可欣
责任编辑：樊程旭
设计制作：青心见画
出版发行：五洲传播出版社
地　　址：北京市海淀区北三环中路31号凯奇大厦B座6层
邮　　编：100088
发行电话：010-82005927, 010-82007837
网　　址：http://www.cicc.org.cn, http://www.thatsbooks.com
印　　刷：北京利丰雅高长城印刷有限公司
版　　次：2025年7月第1版第1次印刷
开　　本：787x1092　1/32
印　　张：8.75
字　　数：200千字
定　　价：78.00